UĞUR GÖKBULUT

Bu Ayrılık da Benden Olsun

"Bana yaşattığın herşeyi yaşayacak kadar uzun yaşaman dileğiyle"

DESTEK yayınları

Bana yaşattığın her şeyi
yaşayacak kadar uzun yaşaman dileğiyle…

İnsanların bu kadar hızlı
kabuk değiştirdiği bir dünyada
dilini yüreğinden
gözlerini sevdiğinden
ve samimiyeti de kişiliğinden
ayırmayanlara selam olsun...

İnan ki yalnız tarafıma denk geldin.
Yoksa ne ben çekerdim senin bu çekilmez hallerini
ne de sen bu aklınca sevmelerinle
benim sadece sevgi ve şefkat isteyen yüreğimde
bir yer bulabilirdin kendine.
Oysaki şimdilerde ben
senin için sırtımı döndüğüm herkesten
mutlu yalnızlığımdan, bütün vazgeçtiklerimden
ve çiğnediğim her bir doğrumdan
binlerce kez özür diliyorum.
Ama en çok da kendimden.

***

Issız yerleri, dalgalı denizleri sevdim ben.
Çayda demi ve sigaranın son nefesini sevdim.
"Nesini sevdin bunun?" dedikleri her ne varsa
tuttum onları da sevdim.
İşte ben, seni de böyle sevdim.

BANA ÇOK GÖRDÜĞÜN HER NE VARSA SEN DE HEPSİNİN BİR O KADAR UZAĞINDA YAŞA...

Aslında nereden başlayacağımı hiç bilmiyorum. Nasıl unutulması gerektiğini hiç bilmediğim gibi. İnsan diyorum, nedense mutluluğunu bir çırpıda anlatırken, hüzünlerini hep yutkunarak, utanarak ve hep kendine kızarak anlatıyor. Ve benim seninle ilgili olarak, o kadar çok kızgınlığım var ki kendime, ne kadar anlatırsam anlatayım hep bir şeyler yine de eksik kalıyor içimde. Hani bazen bütün bir acını sadece bir gözyaşına sığdırırsın ya, hani hiç kimsenin bilmesini istemediğin hüzünlerin sıkışıp kalmışken içinde bir yerlerde ve kendini fena halde yenilmiş, kırılmış ve bir kenara itilmiş hissedersin ya, hani kendine hep aynı soruyu sorarsın ya "Ben bunu hak edecek ne yaptım?" diye, işte ben de bu adanmışlık ve aldanmışlık hisleri arasında yaşıyorum bugünlerde. İçim senden artakalan dehlizlerle dolu. Ne üstünü kapatabiliyorum zamanla, ne de devadır diye unutmaya çalışıyorum başka insanlarla. Kendi içimde küçük de olsa temiz kalan bir yer var, işte ben oraya tutunup yaşıyorum senden sonra.

Neyi beklediğini
ve niye beklediğini hiç bilmeden geçirdiğin
günlerin de olur bazen.
Günler yanından öylece geçip gider de
ne günün adını bilmek istersin
ne de bir süre insan yüzü görmek.
Bazen sana iyi gelen tek şey
sadece kendi içine saklanmaktır.
Kimseden medet ummayıp, sevabıyla günahıyla
duasıyla, ahıyla ve pişmanlığıyla kahrıyla
hesabı kendi içinde kapatmaktır.

Beynim feryat ederken ve önüme sayısız nedenler sunarken seni özlememin ne kadar da aptalca olduğuna dair, bütün bu haklı sebeplere rağmen, yine de kalbimin isminin geçtiği her ortamda, beraber dinlediğimiz her şarkıda, havasını birlikte soluduğumuz her sokakta, ayaklarımızın yan yana yürüdüğü her kaldırım taşında göğsümü parçalarcasına çarpmasından nefret ediyorum. Ne zaman güneşi tepemde görsem, yağmuru saçlarımda, ya da soğuktan kızarmış kulaklarımı aynada, hep sen geliyorsun aklıma. Daha yeni yeni anlıyorum, seni hayatımın her mevsimine bulaştırmanın beni aslında ne kadar da savunmasız ve zayıf bıraktığını. Ama gel gör ki insansın işte, sevginin sonsuz olacağını, o ellerini sımsıkı tutan kişinin seni hiç bırakmayacağını ve bu güzel rüyadan hiç uyanmayacağını düşünmek gibi, bu dünya gerçeklerine hiç de yakışmayan hayallerin de oluyormuş demek ki. Aslında sebebi ne sensin, ne de sende arayıp da bulamadıklarım. Hiç layık olmadığın ve hak etmediğin bir yere çıkardım seni. Oysaki insan, bulunduğu yeri hak etmeliydi. Seven kime değer verdiğini bilmeli ve sevilen de bunu fark etmeliydi. Benim sendeki hatam da, işte tam olarak buydu. Ne sende bu sevgimi fark edebilecek bir yürek, ne de bende kaliteyi basitlikten ayırabilecek kadar bir tecrübe vardı. İşte bu aradaki farkı bazen sevgimle, bazen sabrımla, bazen fedakârlıklarımla, bazen gözyaşlarımla kapatmaya çalıştım, ama olmadı işte. Senin bu nan(körlüğün) ile, benim senin zamanla değişeceğini düşünme iyimserliklerim sürekli birbirlerini kovaladı. Sonra bir sabah uyandığımda nasıl da yorulduğum, beni nasıl da yorduğun ve tükettiğin gerçeğiyle uyandım. Ve bu yürek ağrısı, daha önce yaşadığım hiçbir ağrıya benzemiyordu. Acım tarif edilemez bir noktaya ulaştığında fark ettim ki, canımı çok yakmıştın. Bir boşluğu sever gibi sevmiştim seni, yanımda var olmayan sana, gidip yâr olmuştum.

Hiç kimse, ne yağdı yağacak bulutlu gözlerinle
ne de boğazına düğümlenen cümlelerinle ilgileniyor aslında.
Ne zaman tam olarak görebildin ki
insanlara karşı gösterdiğin samimiyetin
ve hoşgörünün karşılığını?
İşte bu yüzden
kendini avutacak kadar yumuşak ellerin
ve kendine merhamet gösterecek kadar da
vefalı bir yüreğin olsun.
Yani demem o ki
Başkaları için ağlamak yerine
önce kendi yüzüne gülümsemeyi öğren.
Kendine neyi layık görüyorsan
işte tam da öyle yaşa.

Hatırlarsın belki, bazı zamanlarda dalıp gitmelerim, uzun suskunluklarım, tek başına yürüyüşlerim ve kendi içime kapanışlarım vardı. İşte o zamanlar, yüzleşmek istemediğim bu sonun, aslında çok da uzağımda olmadığının farkında olduğum anlardı. Kaç kez çekip gitmeyi, bu şehri ve seni terk etmeyi düşündüm bilemezsin. Ama yapamadım işte. Ya cesaretsizliğim önüme geçti, ya da sana olan sevgim. Şimdilerde daha iyi anlıyorum ki, seni sevmek bile başlı başına bir cesaret işiymiş. Beni bu kadar yıpratmana izin vermeden, kendimi bu kadar tüketmeden ve senin hiç de beklemediğin bir anda bu ilişki bitmeliymiş.

Benimki biraz alınganlık işte.
Belki de fazla beklemişliğin bir öfkesi bu.
Gitmekle kalmak arasında kalmışlığın
ve bu kararsızlığın ağırlığı bu üstümdeki.
Artık saflığını yitirmiş her şeye
ve çabuk eskitilmişliklere karşı bir isyan bu.
Bilemiyorum, ya ben fazla sahiplendim seni
ya da sen, bende ait olduğun yeri anlamadın.
Bazen kaybolmak istiyorum
uzakları düşlüyorum sık sık
ve bir daha geri dönmemeyi.
Bu tekdüzelikten, bu alışkanlıklardan
engellenmişliklerden, bencilliklerinden
ve samimiyetsiz bütün sözlerinden sıkıldım.
Kendim olduğum bir hayat istiyorum.
Çünkü bıktım artık, hiç olmadığım gibi yaşamaktan.

Günlerce kendimi sorguladım. Sen o tatlı uykunun tam ortasındayken, ben günden güne değişen davranışlarının ya en başındaydım, ya da hiç sevemediğim en sonunda. Uykusuzlukla da tanıştım senin sayende. Çünkü ağır geliyordu yastığa başım. Geleceğe dönük umutlarım azaldıkça ve kaçtıkça tadım, uykularım da kaçıp gidiyordu gözlerimden. Merakımdan soruyorum sadece sana, sen hiç göğsünde bir ağırlık ve içinde bir karanlıkla baş başa kaldın mı? Sen hiç ben uyurken, "Rüyalarını hâlâ ben süslüyor muyum acaba?" güvensizlikleriyle boğuştun mu içinde? Peki sen hiç, biten bir günün ardından kaybetme korkusuna direnebilmek için, ruhuna iyi gelecek bir şeyler aradın mı gözlerimde? Yüküm sevgimden ve aklım da hislerimden daha ağır gelmeye başladığı zaman anladım ki; yolcu yolunda gerek.

Herkesin sizden olgunluk
ve fedakârlık beklediği bir yerdeyseniz
ya yeriniz yanlıştır, ya da sevdikleriniz.
Bazen tebdil-i mekânda
bazen ise tebdil-i insanda ferahlık vardır.

Oysa sana hiç vefayı öğretmemişler sevdiğim. Sevildiği yere sırtını dönenin yüzü, ancak karanlığa bakar. Her şeyin fazlasını istemek, ancak bir hiçin parçası olmaktır. Ve mutlu olan insanlar, azla yetinenler değil, bulduklarına değer verenler ve çoğaltanlardır. Sana her gün bir önceki günden daha fazla mutluluk vaat etmedim belki, ama en zor zamanlarında yanında oldum, omuz verdim, saçlarını ve acılarını okşadım. Düşmüş yüzünü ve yanaklarından akan gözyaşlarını topladım. Belki çok iyi laf yapmadı dudaklarım, ama sana şarkılar söyledim, sana şiirler yazdım. Ve bütün servetim, senin için çarpan yüreğimdi. Ne yazık ki, onu da senin için harcadım.

Öğrendim ki
güldüğün zaman herkesi kıskandıracak kadar
güzel güleceksin.
Ama ağlarken kimseyi sevindirmeyeceksin
her zaman yalnız ağlayacaksın.
Ve gözyaşını yine kendin sileceksin
hiç kimseye minnet etmeyeceksin.
Çünkü minnet ettiğin herkes
sonrasında kendini nimetten sayıyor.
Elini bırakmayanı, yüreğinin dibine kadar seveceksin.
Ama en zor anında seni bırakanları ise
yalnızlıktan ölsen dahi, asla affetmeyeceksin.

***

Bahanelerin arkasına saklanmayacak kadar
hayattaki duruşuna güveniyorsan
ve gerçekleri insanları kaybetmek uğruna
söyleyebilecek kadar cesur bir yüreğe sahipsen
gurur duymalısın kendinle.
Ama unutma ki
sözde cesur ve hayatta doğru olmanın da
yalnız olmak gibi bir bedeli vardır.

Peki hiç düşündün mü, geride nasıl bir enkaz bıraktığını? Geceleri kafanı yastığa koyduğun zamanlarda, hiç aklına geldim mi acaba, "Toparlayabildi mi kendini, sarabildi mi yaralarını, beni tanımadığı o eski mutlu günlerine tekrar dönebildi mi?" diye. Acaba biraz da olsa sızladı mı vicdanın, o insan yanın, "Ben bir insanın yarınlarını çalmakla, nasıl da büyük bir günah işledim?" diye. Eski beni çok iyi hatırlarsın eminim. Hani o seni sevmekte asla cimrilik yapmayan, gözlerime vuran yüzünün görüntüsüyle huzur bulan, sadece sesini duymakla bile şu hayatın bütün ağırlığından bir anda kurtulan o eski beni. Şimdiki beni anlatayım sana biraz da istersen. Anlatayım ki, bana miras bıraktığın yalnızlığımdan sen de biraz nasiplen ve yüzleş o karanlık yüzünle.

Senden sonra değmeden, dokunmadan ve hep biraz korkarak yaşadım ben. Yaşayabileceğim bütün güzellikleri, senin yaşattığın o acı sonun ihtimaline heba ettim. Evet, kesinlikle akıllandım, ama aklım başımdayken hep yalnız kaldım. Yüreğim ne zaman "Daha ne kadar sürecek bu yalnızlık!" diye dönüp haykırsa bana, onu hep aynı cevapla susturdum, "Tekrar bu acıları çekmeyi göze aldığımız zaman..."

diyerek. Eskiden güldüklerime gülmez, eskiden ağladıklarıma ağlamaz oldum. Ve birçok şeyi uzaktan seyretmeyi sevdim. Söylenen her söze şüpheyle, tanıdığım her insana da korkarak yaklaştım. Karşıma çıkan insanların davranışları ile niyetleri arasındaki o ince çizgiyi anlamakla geçti zamanım. İşte bu yüzden, adımlarım gibi kararlarım da bir hayli zaman aldı. Sanırım ben, iyi niyeti kişiliğine biraz fazla kaçmış bir insandım. İşte benim sorunum da buydu. Keşke şu insan yanlarımı bile sorgulatacak kadar keşkeler bırakmasaydın bana. Keşke senin gibi insanları tanımanın bir gerekçesi olmasaydı şu kahrolası yalnızlığım. Keşke konuştuğun kadar dürüst, sustuğun kadar haklı olsaydın. Keşke seni o ilk tanıdığım gibi samimi, ya da bana "Tanıyamamışım seni!" dedirtmeyecek kadar ikiyüzlü olmasaydın. Keşke, dürüst insanların bu kadar ucuz harcandığı bir dünyada, değerine değil giderine, yüreğine değil menfaatlerine göre davranan insanlara bu kadar şans verilmeseydi de, ben de öğrenebilseydim sana bir şans daha vermemeyi. Keşke seni o ilk hatanda yalnız bırakıp çekip gitseydim ve asla affetmeseydim. Keşke şu yalnızlığımı çok sevdiğim için değil de, hak ettiğim için yaşasaydım. Keşke...

Sustuğum şeyler var.
İstemesem de unutamadığım şeyler.
İçinde kaybolduğum şehirler
ve içimde kaybolup giden insanlar var.
Eskisi kadar kafama takmasam da bazı şeyleri
bazen yine de içimin almadığı haksızlıklar var.
Hak ettiklerimle vazgeçtiklerimi ayırdığım günden bu yana
solumu sevdiklerime, yolumu ise sadece Allah'a bıraktım.
O ki, varacağım yeri de
duracağım yeri de benden daha iyi bilir.

Sürekli tetikte ve dikkatli olmanın neresi iyi bilmiyorum, ama istemesem de fazlasıyla hassas bir yapıya büründüm senden sonra. Kim bilir, belki de artık tahammül gücüm seninle birlikte tükendi. İnan ki karamsarlıktan değil bu halim, ancak umudumu bağlayacağım, umutla bağlanacağım sağlam bir sebep bulamıyorum geleceğe dair. Elimde bir tek kendim kaldı, onunla da ne yapacağımı hiç bilemiyorum. Bana yaptıklarını da, bizim için yapmadıklarını da sadece Allah'a havale ediyorum.

Rahatsa vicdanın
yanlışlarından çok doğrularından dolayı sızlıyorsa kalbin
ve bütün kaybettiklerin iyi niyetlerine rağmen
gitmişlerse senden
bu dünyada en rahat uyuması gereken insan sensin.
En tatlı rüyaları sen, kâbusları ise bırak onlar görsün.
Rabbim adaletini zamanın içinde gizlemiştir.
Sabret ve bekle, neyi kaybettiğini
ve ne kazandığını ancak zamanla görürsün.

Her şey zamanında güzeldi oysa. Yeri geldiğinde noktayı koymak gibi, hak eden birisinin karşısına geçip "Her şey bitti artık!" diyebilmek gibi. Yakarken yüreğini hiç de hak etmediğin gerçekler, aklını sevginin efendisi kılıp, yüreğinin sesini sonuna kadar kısıp ve yaslanıp kendine, arkana hiç bakmadan çekip gitmek gibi. İşte bunu yapamadığım için de kızıyorum kendime. Oysa bana o kadar çok fırsat verdin ki, şu anlattıklarımı yapabilmek adına, sayısını inan ben de hatırlamıyorum artık. Ama sen bencilliğin doruklarında yaşarken bu ilişkide, ben hâlâ biz olma hayalleri görüyordum, saf bir âşık aptallığıyla. Ve sen, beni hep seni sever halde bulmanın ve benden o hep aynı hoşgörüyü görmenin saltanatını sürüyordun. Bunu çevremdeki herkes görüyor söylüyor, ama ne yazık ki bir ben göremiyordum.

Her zaman senden hep aynı hoşgörüyü bekleyenlere
asık yüzünü sana, ama gülen yüzünü
hep başkalarına gösterenlere
zamanını çalan ama zor zamanında yanında olmayanlara
senin gölgende dinlenen
ama ışığını hep başkalarıyla paylaşan bütün insanlara
bir veda borcun var.
Vedalar da sevgiler gibidir
erteledikçe kaybeden sen olursun.
UNUTMA *bunu.*

Ne ara tükendik be canım. Hangi ara kaybolup gitti, hani o her baktığımda "İyi ki var..." dediğim o yaşama sevincimin sebebi gözlerinin ışığı. Ne oldu da, birbirimize iki sevgiliyken, iki yabancıya ve alışkanlığa dönüştük. Hani ellerimiz ve gözlerimiz hiç ayrılmazken birbirinden, hangi dünya telaşesi attı bizi evin iki ayrı yakasına. Şimdilerde ben, seninle tanıştığım o ilk günü hayal ederken özlemle, kabul etmekte zorlandığım gerçeklerle yaşamanın zorluklarını çekiyorum. Kabullenemiyorum, kabul edemiyorum.

Ne yaparsan yap olmaz bazen.
İster adına fedakârlık de parçala kendini
ister sabrını sevginle karıştır ve ertele düşlerini.
Karşındaki insanda bıraktığın iz,
ancak ve ancak onun zekâsının sınırları
ve yüreğinin büyüklüğü kadar olacaktır.
Yani demem o ki
vefayı kişiliği oturmuş
ve insanlık kendisine nasip olmuş kişilerden bekle.

Kim bilir, belki de biz birbirimizin en büyük yanılgısıydık. Ben kendimi seninle, sen kendini benimle kandırdın. İleride nasıl olsa düzelir diyerek göz ardı ettiğimiz o küçük ayrıntıların içinde boğulduk. Görmezden geldiğimiz her ne varsa, her yokuşta karşımıza çıktı, aşamadık. O ilk heyecanla, o ilk aşkla başarırız sanmıştık, başaramadık. Oysaki duygularla nefes alınır ve gerçeklerle yaşanırmış. Biz yaşayamadık. Ve senin gerçeklerin benim hayal ettiklerimin yanından bile geçmedi. Ben o ilk sevdiğim insanı aradım hep gözlerinde, ama bulduklarım bana yetmedi. Ne olur değişmesin ve hep böyle kalsın diye dualar ederken ben senin için, sen çoktan uzaklaşmıştın bizden. Ve gittiğin yere, ben ait değildim.

Sağlam dur doğrularının arkasında.
Bazen onlar takılır sen tutarsın
bazen sen düşersin, onlar seni tutar.
Sonuçta gidenler bile unutulur
ama nedenler asla unutulmaz.

Oysa ne de çok dua etmiştim senden önce Rabb'ime. Yüreğimi üstesinden gelemeyeceği ve altında ezileceği ağır imtihanlarla sınama diye. Çünkü o kadar çok yarım kalmış hayat vardı ki çevremde ve bir o kadar çok geçmişine takılıp bugününden uzak yaşayan insan görmüştüm ki, korkmuştum böylesi bir sonun benim de başıma gelmesinden. Ve belki de en acısı, bu insanların kendilerini bu hale getiren insanlara olan anlamsız bağlılıklarının hâlâ devam etmesiydi. Geçmişte açık kalmış bir kapıyı kapatmak, ne kadar zor olabilirdi ki diye hep sormuştum kendi kendime. Bir geleceği bir geçmiş uğruna kaybetmek, zor geçen bir dünün acılarını bugüne taşımak, ne kadar akıllıca olabilirdi ki? Ama anladım ki; sevgi denen bu duygu, mümkün olmayan birçok şeyi mümkün kılıyordu. Yapmam dediklerini yaptırıyor, insanları değiştiriyor ve seni de asla olmam dediğin bir insana dönüştürüyordu.

Sevdiği insanın sevgisini nadir
ama sıkıntısını ve cefasını çok yaşayan insanların
hâlâ aynı kişiye olan bağlılıklarını görünce
açıp ellerimi semaya
hep aynı duayı ediyorum ben:
"Allahım
ileride bana acı verecek insanları
soluma ve yoluma düşürme..."

Şimdi göğüskafesimin tam orta yerinde, pişmanlıklarım arasında kendine yer arayan birisin sadece. Ama tadını bilmediğim bir ağrı değil ki bu. Ben senden önce de çok yandım ve çok kanadım. Bazen adına saflık dedim, bazen ise aptallık. Kimler için neler yaptığımı düşününce, bazen gülmek geliyor içimden, bazen ise; bir daha asla hiç kimseyi böylesine sevmemek. Ama yine de hayırlısı be diyorum. Rabbim bu acıtan sonların ardında, biliyorum ki güzel başlangıçlar hazırlıyordur bana. Sadece bekliyorum ve sabrediyorum.

Önce insanları kaybettim, sonra kelimeleri.
Ve çok sonra anladım ki
bazı kelimeler, bazı insanlardan çok daha değerliymiş.
Boş yere harcamamak
harcanmamak gerekmiş.

Ne sözlerim yeter şu durumumu anlatmaya, ne de suskunluklarım anlaşılmaya. Acımı da, korkumu da, sevdamı da gözlerimden okuyabilecek kadar yürek dilini bilseydin keşke. Gözlerin çırpınışlarımı ve karşında eriyip giden o büyük sevgimi görebilseydi keşke. Ve kulakların yüzüne haykırdığım "Bunu bana yapma!" feryatlarını ve o uzun suskunluklarımı duyabilseydi keşke. Ama gel gör ki, yüreği sağır olanların, kulakları da gözleri de kapalı olurmuş karşısındakine. Oysa ben yanındaydım, bütün hüzünlerimle, bütün umutlarımla, senden beklentilerimle ve çığlıklarımla en yakınında. Duymadın, görmedin, hissetmedin. Nasıl da kırgınım sana, bilemezsin be iki gözüm.

Her şey bittikten sonra
en son bakacağın yüz
yine kendi yüzündür.
Bakmaya tahammül edebileceğin kadar
üz kendini
seni üzmekten başka
hiçbir şey yapmayanlar için.

Ve unutma
kulakları kapalı olanların
yürekleri de kapalıdır sana.
Hüznünü de ekmeğin gibi düşün
ve sadece adam olanlarla paylaş.
Yüreğinin terini
seni anlamayan insanlar için akıtma.

Şimdilerde davranışlarını, sözlerini tek tek düşünüp neyi eksik ve neyi fazla yaptığımı bulmaya çalışıyorum. Bazen resimlere bakıyorum, bazen ise kapatıp tüm ışıkları ve bir Sezen şarkısı açıp, uzanıp yatağa uzun uzun düşünüyorum, "Seni neden bu kadar çok sevdim ve sen bu sevgiyi hak edecek ne yaptın?" diye. Sanırım bu sorulara mantıklı bir sebep bulamamanın adıydı, adına aşk dedikleri. Kim bilir belki de bu yüzden bir tarafın içi kavrulurken, diğer tarafa sadece tadını çıkarmak düşüyordu. Çünkü hiçbir aşkta, her iki taraf da aynı yerden sevmiyordu birbirlerini. Bir taraf her şeyi ama her şeyi iki kişilik düşünürken, diğer taraf kendini nimetten sayıyordu. Bir taraf ilişki için bir işçi edasıyla çırpınırken, diğer taraf hep patronluğa soyunuyordu. Ve zoru gördüğü ilk fırsatta ise, işçisini hep kapı önüne koyuyordu.

Oysa hayat bize hep aynı şeyi söylüyordu da
biz bir türlü anlamıyorduk.
Bugün elini sıkıca tutanların
yarınlarında da yanında olacağı gibi
saçma sapan iyimserliklere kapılma diyordu da
biz dinlemiyorduk.
Tepene çıkan en kestirme yol
aşırı sevginden geçer diyordu da
biz inanmıyorduk.
Menfaatleri için yanında olanlarla
seni sen olduğun için sevenleri
yüzüne gülenlerle, yüzünü güldürenleri
iyi zamanlarında yanında olanlarla
zor zamanlarında omzunda ağladıklarını iyi tanı diyordu da
biz çabuk unutuyorduk.
Oysa hayat bize hep aynı şeyi söylüyordu:
"İnsanlara GÜVEN, *ama sadece* BİR *kez.*
Birincisinde, denedim demenin huzurunu
ikincisinde ise insan olamayacakları anlayamamış olmanın
pişmanlığını yaşarsın..."

MASKELER

İyiliği gösteriş için, dostlarını çıkarları için, sevgiyi hevesleri için ve zamanı da sadece kendi mutlulukları için kullananlar bilsinler ki; Rabbim gizlenen niyetleri de, yürekleri de çok iyi bilir. İyiliğin altında gizlenen kötülüğün de, samimiyetle yapılan iyiliğin de karşılığını fazlasıyla verir.

Her şey er ya da geç, gerçek kendi kimliğine bürünür.
Siyah beyazdan, yalan gerçekten
sahtelik sadelikten ve samimiyet de basitlikten
elbet bir gün ayrılır.
Bu yüzden yaşanan olaylar bazen acıtsa da canımızı
gün gelir yüze hoş görünüp de
arkamızdan oyun oynayanların maskeleri de düşer elbet.
Gölgenin aydınlığa kavuştuğu o günde
kimin insan olduğu ve kimin insanı oynadığı anlaşılır elbet.
Hiç kimse içindeki sevgiyi de
gizlediği nefreti de asla sonsuza kadar saklayamaz.

***

Her an her şeye hazır ol.
Bitmez denilenin bittiği, gitmez denilenin gittiği
ve asla bir daha hata yapmaz dediklerinin bile
kendini sürekli tekrar ettiği bir dünyada yaşıyorsun.
Ve unutma
zaman sadece tende hücreleri değil
yürekte duyguları da eskitebilir.
İşte bu yüzden
insanlarla arana, biraz da olsa bir yanılma payı bırak.
Çünkü bugün var diye bildiklerinin
yarın yâr diye yanında olacaklarının bir garantisi yok.

Senden önce o kadar çok korkardım ki kendimden, bir gün birisini seversem ve kaptırırsam kendimi ve gözlerinin içine baktığımda göremezsem kime tutulduğumu, fark edemezsem niyetleriyle söyledikleri arasındaki farkı, sonrasında bu durumu nasıl anlatabilirim kendime diye. İşte hani hep sen derdin ya, "Neden uzun uzun ve dikkatli bakıyorsun gözlerime?" diye, işte orada geleceğimi, kendimi arıyordum sende. O gün yanımda olduğunun mutluluğu kadar, yarın nerede olabileceğine bakıyordum. Ama görememişim işte. Ben de bir insandım ve hep o bilindik hatayı yaptım sende. Sendeki tuzakları, sendeki uzakları görememişim işte. Gözümün önünde aslında bağırıyormuş gerçek kişiliğin de, şu sağır kalbimle fark edememişim. Aslında her şey yalanmış da, ben sende inanmak istediğim kişiyi sevmişim.

Ne ayrılığın acısı herkeste aynı
ne de herkes aynı yerden seviyor birbirini.
Kim bilir, belki de herkes inanmak istediğine
inanıyor sadece.
Herkesin inandığı bir yalanı var işte hayatında.
Kimi sevdiğine kendince, kimi sevildiğine çaresizce.

Bazen yattığım yerden, karşımda duran o gülümseyerek çektirdiğimiz fotoğraftaki bizi izlerdim. Hani bilirsin sen de, henüz tozpembeyken bizim için bütün renkler, henüz tanışmamışken siyah gecelerle gözlerim ve senin bana hâlâ sıcacık baktığın o bizi diyorum. Sonra birden gerçekler çalardı kapımı ve hep, "Ben ne yaptım ki ona, bana bu kadar yakın ve bir o kadar da sıcak olan insanla ayrı yolların yolcusu olduk?" diye sorardım kendime. Zamanla ya ben fazla geldim sana, ya da sen bana hep biraz eksik.

Ne kadar da zordur
ait olmadığını anladığın bir yere tutunmaya çalışmak.
Bin sözde bir umut parçası arayıp avunmaya çalışmak.
Kendi aklına karşı bile
sonu olmayan bir sevdayı savunmaya çalışmak.
Yani demem o ki
yanlış ellere düştüğün zaman
sen bile kendinin maskarası olursun.
Bir adım sonrasını bile kestiremediğin yollarda
ya elini tuttuğun kişiye, ya da her türlü sonuç karşısında
kendine çok iyi güveneceksin.

Şimdi düşünüyorum da, insan yalnızlığını bir sevgiyle takas ederken bin kez düşünmeli. Çünkü bir kez yanılırsan, bin kez pişmanlık seni bekliyordur yolun sonunda. Ama gel gör ki; tecrübeyle, okumakla ve hatta yaşamakla dahi öğrenebileceğin bir pazarlık değil bu. Herkes yüreğinin temiz olduğu ve sevgisinin sonsuz olacağı yalanlarını savunurken ve bunu mükemmel bir şekilde maskeleyerek gösterirken sana, sen nasıl olur da bir kul aklıyla bunun aksini düşünebilirsin ki? Üstelik kalbin bile karşındaki insana aptalca kefil olurken.

Kabul ediyorum, biraz da benim suçum bu tek başınalığım.
Kökleri sağlam olmayan insanlara
sıkıca sarılmamın bir bedeli bu.
Daha meltemimde yaprak döken bu insanların
fırtınalarımda elimden bile tutmayacakları gerçeğinin
acı bir tecrübesi bu.
İster adına erken yaşanmışlık deyip kendimi kandırayım
ister erken yaşlanmışlık deyip zamanı suçlayayım.
Sonuçta bazı şeylerin mücadelesini versen de
nasip denen bir şey var ki
ona boyun eğmekten başka çaren yok.

Ne hiç unutamıyorum biliyor musun, kendi davranışlarına, kendi içine ve bana yaptıklarına hiç bakmadan, gözlerime baka baka "Sen değiştin!" diye söze başladığın zamanları. Ortada şu kısacık zamana rağmen, bu kadar geriye gitmiş bir sen varken, ben nasıl kabul edebilirdim bu "değiştin" saçmalığını? Hatalarım olmuştur mutlaka, kabul ediyorum. Ama ben de bir insanım. Karşımda sürekli beni suçlayan ve eleştiren bir insan varken, aynı çizgimi ve duruşumu sana karşı nasıl koruyabilirdim ki? Ne dersen de, şu olanları içinde kendine nasıl anlatırsan anlat, ama gerçek şu ki; başladığımız o mutlu günlerdeki bize, sonunda bile yine en yakın olan bendim. İşte bu yüzden, senden daha çok ben tükendim.

İnsan öyle durduk yere bu hale gelmiyor işte.
Önce duyguların gidiyor senden, sonra uykuların.
Yaraların mı kapanmıyor, yoksa gözkapakların mı?
Ve hangisi daha çok yoruyor seni, asla bilemiyorsun.
Anlamadığın bir dünyada
sen hâlâ anlaşılmayı mı bekliyorsun?

***

Bedenlere değil
size güç veren nedenlerinize tutunun.
Nihayetinde sizi ayakta tutacak tek şey
yarın neye dönüşeceğini hiç bilmediğiniz insanlar değil
yine kendi ayaklarınız olacaktır.
Ki şu zamanda insan kendini bile çok zor taşırken
yükü ağır ama yüreği boş hiç kimseye yer vermemeli
değer vermemeli hayatında.
Hayat basit yaşanmalı, ama asla basit insanlarla değil...

Ve bu ayrılık bir de bana ne öğretti biliyor musun? Hüznümü bölüşmek ve paylaşmak istediğim zamanlarda, aslında hiç de gerçek dostlara sahip olmadığım gerçeğini. Bir yaraya dokunmasını bilmeyen, bir acıya sarılmasını bilmeyen, bir derde deva olmasını bilmeyen ne kadar da dost görünür az insana sahipmişim meğer. Benim derdim için oturduğumuz masalardan, onların dertleriyle kalktığım o kadar çok zaman oldu ki, sayısını inan ben de unuttum.

Hissetmediğin yaraya dokunma.
İçtenlikten uzak her türlü şefkat ve ilgi
karşındaki insanı sadece biraz daha yaralar.
Çünkü acı çeken bir insan
samimiyetin sahtesini de
gerçek bir dostun gölgesini de anında hisseder.

***

Herkes nefes aldığını görür
ama nasıl yaşadığını, hayata nasıl tutunduğunu
ve nasıl ayakta kaldığını bir sen bilirsin.
Bir de her şeyi gören ve bir bilen vardır ki
ağacı taştan çıkaran o Kudret
sana da sabrının içinde dermanını verir.
Küle dönmüş hayatını, bir bakarsın güle çevirir.
Sen yeter ki umut et, sabret ve dua et.
Sonrasını O'na teslim et ve sadece seyret.

İşte böylesi bir gerçek bile, insanın aslında bu dünyada ne kadar da yalnız olduğunun bir ispatıdır. Nefret ettim ve artık duymaktan sıkıldım "Takma kafana, geçer..." sözünden. Gerçek bir dost, acına iyi gelmeyen ve amacı sadece seni geçiştirmek olan sıradan bir sözle avutmaz dostunu. Gerçek bir dost, bu kadar basit bir çözümle gelmez kapına; ki ben, o insanların en zor zamanlarında samimiyetten uzak bir yüzle gitmemişken kapılarına. Hüzünler o kadar çok seviyorlar ki üst üste gelmeyi, ancak yaşayınca anlıyorsun. Aslında şu dünyada ne kadar da yalnız olduğu gerçeğini, insanların ne kadar da bencil olduğunu ve ağlayacak bir omuz bulmanın bu kadar zor olduğunu, ancak kapanmaz dediğin kapılar yüzüne kapanınca anlıyorsun. Yani senin anlayacağın, sadece senin gerçek yüzünle yüzleşmedim ben senden sonra. Tanıyamadıklarımla, dostluklarımla, kalabalıklarımla, yalnızlıklarımla ve kendimle de fazlasıyla yüzleştim.

Şimdilerde yaşamak dediğin
ondan bundan hüzünlü acılar
ve yarım kalan hikâyeler biriktirmek gibi.
İnsanlar kendi ruhlarının söküklerini dikmek ve
küçük mutluluklarla
yüzlerinde görünen acıları yamamakla fazlasıyla meşguller
şu aralar.
Günümüzün modası olmuş
"Nasılsın?" sorularını "İyiyim..." diyerek geçiştirmek.
Ve dostların o bilindik "Geçer, bu da geçer..." tesellisi.
Geçen bir şey yok aslında
insanlar sadece, insanlardan biraz daha uzak
ve kendi içlerine de
biraz daha yakın yaşamayı öğreniyorlar sadece.

***

Yaşadığın zorluklar seni olgunlaştırmakla beraber
çevrendeki sahte insanları da gölgelerinden çıkarır.
Çünkü zor zamanlarında dostların yüreklerini
dost sandıkların ise, sadece bahanelerini sunarlar.

Bir cevabım yok artık, dil ucuyla söylenen ve samimiyetten uzak o hal hatır sorularına. Hani "İyiyim..." desem o yapmacık tebessümlerle yüzünüze, ya da "Çok kötüyüm!" diye başlasam söze, ne fark eder ki? Mutluluğumdan mutlu olacak, ya da hüzünlü halimde içime dokunacak kaç insana sahibim ki? Ne sorunlarım beni yerle bir edecek kadar benden güçlü, ne de her şeye rağmen yine de yüzümü güldürecek kadar basit. Kim bilir, belki de alıştım artık dünyanın bu adaletsizliğine, insanların samimiyetsizliğine, kimsesizliğime ve hatta kendime bile. Haklı olmanın o dik duruşundan, iyi niyetli olmanın o gururundan ve her şeye rağmen direnmek için tutunduğum sebeplerden bile yoruldum artık. Bu bir vazgeçiş değil, sadece kabulleniş.

Sonra siyah olayım dedim ben, simsiyah. Üstüme başıma sinsin istedim o rengin kokusu. Dünyanın rengine bürüneyim ve onunla aynı rengi giyineyim. Kapkara gözlüklerimin arkasından bakayım bütün olup bitene. İstedim ki; ne düşündüğümü, nereye baktığımı hiç bilmesinler. Kimse sormasın, kimse karışmasın bana sorun değil, yeter ki daha fazla zarar vermesinler. İster karamsar desinler bu halime, ister çekilmez, ister soğuk desinler bana, ister sevilmez. Umurumda bile değil, yeter ki daha fazla düşlerimi kirletmesinler.

Peki bu dostluklar konusunda akıllandım mı? Tabii ki hayır. Hani hep kızardın ya şu insan yanıma, şu ince fikirli ve merhametli tarafıma. "Bu kadar da iyimser ve fedakâr olma, kaybeden hep sen olursun..." derdin ya. Ve hani ben, hiç dinlemezdim seni de, yine bildiğimi okur ve yine koşardım insanların eksiğine, dertlerine. Hatırlarsan söylemiştim sana, "Herkes gibi olamam ben, düşene kafamı çeviremem, acıyı görmezden gelemem ve insan yanıma sırtımı dönemem. İşte bu yüzden; benim gibi insanlar eksik etmez yanlarında gözyaşlarını, acılarını ve aldanmışlıklarını..." diye. Çünkü ya güvenilen olursun bu dünyada ya da güvenilmez, ya iyi bilinenler arasına yazarlar melekler ismini ya da iyiliğe eli gitmez, ya doğru bildiğin yolda tek başına da olsa yürürsün ya da yanlış olduğunu bile bile kalabalıklarınla övünürsün. Yani değişemedim ben. Bazen çok istesem de, senin gibi, onlar gibi olamadım. Bir sana çok inanmıştım, bir de çevremdeki insanlara. İnsanın inandığı ve güvendiği yerden vurulması, gerçekten fena acıtıyormuş. Bir kez daha anladım. Ama yapabileceğim bir şey yok bu konuda, ne yaparsın ben de işte böyle bir insanım.

Bazen dur diyorum kendime, dur yeter.
Bırak artık insanların eğrisini düzeltmeyi
eksiğini tamamlamayı
ve her durumda hep anlayışlı davranmayı.
Herkese liman olma fedakârlığın nereye kadar?
Ki sen; tüm fırtınaları tek başına atlatmışken
ve hâlâ için bir durulup bir coşarken
yüzündeki o acı tebessümü kaç kişi bir bakışta anlar?
Ve kabul et
sen bütün fedakârlıklarınla gitsen de onların kapısına
ihtiyacın olduğun zamanlarda çalınmaz kapın.
Bencilliklerine esir olmuş artık insanlar.

***

Ne iyi olmak seni hep mutlu
ne de haklı olmak seni hep kazançlı yapar.
Olsan olsan
iyi niyetli ama yalnız bir insan olursun bu dünyada ancak.
Teşekkürü kuldan beklemeyen iyi insanların
bütün yatırımları
takdir görecekleri bambaşka bir gün içindir.
Onlar insanlara değil, inançlarına yaslanırlar.
İşte bu yüzden, asla yıkılmazlar.

İnsan böylesi zamanlarda anlıyormuş meğerse, yakınını ve uzağını. Kimin sana acıyarak baktığını, kimin için içe güldüğünü ve kimin acına sırtını döndüğünü, ancak böylesi zamanlar ortaya çıkarıyormuş. Ama insan bir şeyi daha anlıyormuş; kimin senin kadar ve hatta senden bile çok acı çektiğini, kimin uykusuzluğunda uykusuz, huzursuzluğunda huzursuz olduğunu. Ki bu insanlar sahiden de hissediyorlarmış, canından can verdiği insanın canını kimin yakabileceğini. Evet, annelerden bahsediyorum; ki zaten bir başkası, seni ne kadar böyle derinden hissedebilir ki? Böylesi zamanların, en iyi ilacı olan annelerden. O şifalı elleri ve o dualı sözleriyle, yaraya derman olan annelerden. İşte ben de, böylesi bir meleğe sahibim. Ve ne kadar enkaz varsa içimde, hepsini toplayan, toparlayan ve beni yüreğiyle tutup kaldıran bir melek. Ben daha hiçbir söz etmeden, gözlerimin içine bakıp halimden anlayan gözlere sahip bir melek. Eğer ki insan gerçek bir dost arıyorsa kendine, önce en yakınına bakmalı bence. Yani annesine.

Ey benim ak saçlarına kurban olduğum kadın.
Cenneti, bir gülümsemesiyle yüzünde bulduğum kadın.
Bilmem ki; şu beyaz saçlarından kaçının suçu
benim payıma düşer.
Ama yine de, biliyorum ki; gece kafana taktığın
gündüz merak ettiğin hayırsızınım senin.
Rahat ol sen, bir hayırduandan başka yoktur
hiçbir eksiğim.
Gül endamlım, ince fikirlim, ey benim mahzun yüreklim.
Hüznünde öldüğüm, sevincinde içimi güldüren kadın.
Yorgun ellerinden, o gülen gözlerinden
ve bana huzur veren gülüşlerinden öperim senin.

***

Hani daha ben nasılsın demeden sana
hani sen arka arkaya sıralıyorsun ya
bütün hal hatır sorularını.
Hani ne yediğimden başlayıp, yastığıma yorganıma
üşüyüp üşümediğime, uyuyup uyumadığıma
karışıyorsun ya...
Hani sözü hep dönüp dolaştırıp yalnızlığıma
getiriyorsun da

"Oralarda yalnız, tek başına nasıl ayakta duruyorsun?"
diye bitiriyorsun ya...
Hani bir gün aramayı unutunca ben,
gün akşamı bulmadan arayıp
"İyi misin? Yoksa hasta mısın?" diye merak ediyorsun ya...
Sanki aç ve açıktaymışım gibi
hani sürekli var mı bir eksiğin diyorsun ya...
Yoktur hiçbir eksiğim, senin dualarından başka.
Cennet kokulum benim.
Ve merak etme beni buralarda
dualarında beni teslim ettiğine emanetim.

Senin iyi bir insan olduğuna inanmak istedim sadece. Şüphenin gölgesinde yaşamaktansa, gerçeğimle yüzleşmeyi tercih ettim. Anlıyor musun beni? Senin farklı olduğunu görmek istedim sadece. Sözlerin soğukluğundan çok, davranışın sıcaklığına sarılmayı tercih ettim. Duyuyor musun beni? Bir insana tekrar güvenmek istedim sadece. Çünkü sevmekten daha çok ihtiyacım vardı, bir insana tekrar inanmaya. Nasıl da pişmanım. Görüyor musun beni? Oysaki; bir yerlerden tanıdık geliyordu bana, arkasında ne sakladığını bilemediğim gözlerin.

Ve dudaklarında güzel duran, ama ispattan uzak o bilindik süslü sözlerin.

Şu değişken huyların, ne istediğini bir türlü anlayamadığım duygularınla, aslında nasıl da benziyordun eski acılarıma. Adını koyamadığım bir şeyler vardı sende, ama bir türlü yüreğimin sesinden aklımın çığlıklarını duyamıyordum. İnan ki nerede nasıl bir hata yaptım bilemiyorum ben sende. Bilmiyorum inan. Ya ben gereğinden fazla yaklaştım sana, ya da sen sevgiyle bile ısınamayacak kadar soğuktun. Ya ben gururda sınırlarımı fazlasıyla aştım, ya da sen ne istediğini bilemeyecek kadar bir vardın, bir yoktun. İnan ki bilmiyorum, ya senin yüreğin yetmedi, ya da yetinmeyi bilmedi. İçimdeki boşluğu hissedebiliyor musun?

Sadece gemileri değil
her başı sıkıştığında
gelip sende dinlendiği limanlarını da yak.
Bırak kafasını dalgalı denizlerde kayalara vurup dursun.
Mademki kıymetini ancak yokluğunda anlıyor
o zaman neyi kaybettiğini öğret ona.
Sen arkana bakmadan yürü
o ise, pişmanlığıyla kavrulsun.

Zor biliyor musun, hem de çok zor. Şu an kim bilir neredesin ve ne yapıyorsun. Yine kime yalanlar söylüyor ve yine kim bilir kime doğru insanı, iyiyi ne de güzel oynuyorsun bilmiyorum. Ama benim için çok zor artık hayat. Çünkü insanları zamanla tanımak diye bir şey öğrettin ki bana, bu süreç bile yeterince beni fazlasıyla yoruyor. Artık her insan potansiyel bir yalancı benim için. Bir insana tekrar güvenebilmeyi ve bir insanı tekrar sevebilmeyi o kadar çok istiyorum ki, bunu sana tarif bile edemem. Ama ne zaman dilimin ucuna, yüreğimin kenarına gelse bu duygu, hemen dilimi ısırıyorum ve seni hatırlıyorum. Dur diyorum kendime, dur. Bir daha böylesi bir hatayı kaldıramazsın, ne olur dur diyorum. Hani çok susamışsındır bir yaz günü ve önünde akan buz gibi bir pınar vardır da, temiz olup olmadığından şüphe ettiğin için elin gitmez, için gitmez ya içmeye, işte benim durumum da böyle. Yalnızlığın huzuru ve sevilmenin hasretiyle bir arada yaşıyorum. Ve böyle zamanlarda sık sık kulağını çınlatıyorum, "Bana yaşattığın her şeyi, bir gün sen de yaşa!" diye.

"Bana güvenebilirsin..." diyenlerden güvensizliği
"Ben hep yanındayım..." diyenlerden yalnızlığı
"Seni çok seviyorum..." diyenlerden ise ayrılığı öğrendik.
Ve geç de olsa anladık ki
yürekte ve kişilikte olmayanları
dil sürekli tekrar edermiş.
Asla yapmam denilenler yapılır
seninle mutluyum diyenler bile
bir gün çekip gidermiş.

***

Kişiliğim, doğrularım ve inancım değişmedi.
Sadece bana gülen yüzlere
ve erken verilen sözlere
biraz daha fazla zaman tanıyorum o kadar.
Çünkü biliyorum ki zaman
insan olanla, insanı oynayanı tanımama yardımcı olan
en güzel ayraçtır.

Evde bunalıp da, kendimi dışarı attığım zamanlarda, insanların gülen yüzlerine ve mutluluklarına her baktığımda, hep aynı şeyleri düşünüyorum. Herkes neden bu kadar mutlu? Sadece bir ben mi mutsuzum bu kadar kalabalıklar arasında? Acaba bir ben mi çok fazla kafama takıyorum yaşadıklarımı? Ve bazen ister istemez, yüzlerindeki gülümsemeleri kıskandığım bile oluyor. İşte böyle zamanlarda duygusuz, hissiz ve vurdumduymaz olmayı o kadar çok istiyorum ki anlatamam. Her şeyi bu kadar doğru yapıp da, bu kadar yalnız bırakılmayı hak edecek ne yapmış olabilirim diye soruyorum kendime. Kim bilir belki de çok fazla ciddiye alıyorum insanları, hayatı ve doğruları. Ama sonra düşünüyorum, benden bunları çıkardıkları zaman bende geriye ne kalır ki insanlık adına? İşte o zaman kayıplarım şimdikilerden çok daha büyük ve telafisi imkânsız olur. Allahım; hak etmediğim bir mutluluğu istemiyorum senden, hak ettiğim buysa eğer yalnızlığımı, hak ettiğim birisi bir gün çıkacaksa karşıma eğer sabrımı eksik etme benden.

Bazen öyle hissedersin ki
sanki senden başka herkes çok mutlu.
Ama unutma ki
bazı insanlar sahip olmadıkları kalitenin
ait olmadıkları kişiliğin
ve yaşamadıkları mutluluğun da
reklamını çok iyi yaparlar.

YALNIZLIK

Senden sonra ben de değiştim. Bakışlarım, gülüşlerim ve inanışlarım değişti. Dinlediğim şarkılar, okuduğum kitaplar ve gezdiğim sokaklar bile değişti. Bir yenilgim, bir yanılgım daha olmasın diye, artık iki kez bakıyorum insanların gözlerine. Ve artık, duyduğum bütün sözlerin üzerinden iki kez geçiyorum. Samimi olmak yerine mesafeyi, yüreğimi dinlemek yerine iradeyi, sözlere inanmak yerine ise tecrübeyi seçiyorum. Sadece sevgi bir insanı değiştirir diye bilirken ben, meğerse yalnızlıkmış hayattaki en iyi öğretmen. Tek başına da yaşanmaz biliyorum ama şimdilik dilini bildiğim yalnızlığımı seviyorum.

Bir de baktım ki; yıllar geçmiş üzerimden
ve ben hâlâ ürkek bir serçe gibi, durmak ve kaçmak arasında
güvenmek ve korkmak arasında bir yerlerde gidip geliyorum.
Kimse canımı yakmasın diye
kendi gökyüzümde yalnız uçmayı seviyorum.
Ne rüzgârın şiddetinden
ne de kanatlarımın ağırlığından şikâyetçiyim.
Düşeceğim günü bekleyen çok biliyorum
ama onlara inat
her şeye inat sabırla direniyorum.

Sonra eskisi kadar canını yakmıyor bazı şeyler. Bazen bir bakışta anlıyorsun karşındakinin niyetini, ya da bir dokunuşta görüyorsun içini. Sana verilen sözlere, vaat edilen hayallere gülüp geçiyorsun. Karşındaki insanı yüreğinden önce, tecrübelerinle tartıyorsun. Her peşinden koşana dönüp bakmıyorsun. Sadelikle sahteliği daha iyi ayırt ediyorsun. Hayatı basit yaşıyorsun, ama basit insanlara asla yer vermiyorsun hayatında. İstemediğin o kadar şey biriktirmişken geçmişinde, ne istemediğini bilmeyen insanlarla bir gelecek hayali kurmuyorsun. Tek başına yürümenin tadını bir kez almışsan eğer, sözlerden çok tecrübelerine, yüreğinden çok yere sağlam basan ayaklarına ve insanlardan daha çok kendi yalnızlığına güveniyorsun. Ve kendine biraz daha fazla güveniyorsun. Bu kadar yanlış arasında bir doğruyu bulabilmek için, yalnızlığı tercih ediyorsun. Beklediğin doğru insan için ve doğru kalabilmek adına, geçici mutlulukların bir parçası olmaktansa, kalıcı olanı inatla bekliyorsun. Yine de yaşadıklarına ve yaşayamayıp geçip giden her şeye, kahretmek yerine sabrediyorsun. Bu durumun bazılarına saflık ve aptallık olarak gelebilir. Ama hayata karşı böylesi bir duruşu, yüreği aklından büyük olanlar anlayabilir ancak. Biliyorsun.

Ne istediğini bilen insanların acelesi yoktur.
Çünkü onların geçmişten gelen
ve içlerinde eskitemedikleri çok sağlam nedenleri vardır.
Onlar; hayatın yanlış tarafında olmamak için
yalnız tarafında olmayı tercih ederler.
Hepsi bu.

***

İyi niyet
çok sevmek
ve hakkından fazla verilen değer.
İşte bu üç doğru
dumanı yüreğinde bir yalnızlığa eşdeğer.

Merak etme, önceden yabancısı olduğum bir yerde değilim. Yalnızlık benim eskimeyen ve ne zaman çalsam kapısını, beni asla geri çevirmeyen dostum. Yani senin anlayacağın, emin ellerdeyim, kendimdeyim. Kendimi güvende hissettiğim bir yerdeyim. Pişmanlıklarım ve senin geride bana bıraktığın hüzünlerim de olmasa, değme keyfime. Aslında gerçek olan şu ki; fena halde gelgitler yaşıyorum. Bazen duygusallığımın altında eziliyorum, bazen ise güçlü olmak için sebeplerime yükleniyorum. Bazen ağlıyorum halime, bazen ise çocuk gibi gülüyorum. Karışığım birazcık, karmakarışığım. Ve biliyor musun? Beni yalnızlığımdan ayırmak isteyen o kadar çok istekli var ki, anlatsam inanamazsın. Ama kimin yüzüne baksam, karşımda seni görüyorum. Senin o yalanlarını, yaşattığın acıları ve seni o ilk tanıdığım zamanları. Kim bilir kaç mutlu sonu, senin bana yaşattıkların uğruna geri çevirdim. İşte bunun için de seni, asla affetmeyeceğim.

Bana gecelerin ve kelimelerin en sessiz halini verdiler.
Gözümden akan damla gibi yağmur
içimi altüst eden öfkelerim gibi bir fırtına görmedim.
Aşkı insanların iki dudaklarının arasında bıraktım da
yüreğime dokunacak kadar yürekli görmedim.
Arkamdan gülen insanları tanıdıkça öğrendim
kimsenin arkasından ağlamamayı.
İşte bu yüzdendir ki
kıştan daha soğuk insanlara bahar
beni de ben olduğum için sevmeyen
hiç kimseye de yâr olamam bundan sonra.
Bir hata hakkım bile kalmamışken
yarınlarımda var olmayacak birini
yâr diye ömrüme saramam bundan sonra.

***

Hani bir adım atarken, bin kez düşünen insanlar var ya
onların bu halleri kararsız olduklarından değil
çok fazla incindiklerinden dolayı
artık zararsız olanı aradıklarından.
Çünkü iyi niyetli olan insanlar
insan olan ile, insanı oynayanı birbirinden ayırabilmek için
zamanla seçici olmayı öğreniyorlar.
Hepsi bu…

O gün adım gibi biliyordum. Artık hiçbir şey benim için eskisi gibi olmayacaktı. En insan kalan yanlarımı koparıp giderken benden, bir insana tekrar güvenmenin bu kadar zor olacağını, dudaklarından dökülen "Ben artık yokum!" sözünle anladım. Kendime bile itiraf etmekte zorlandığım eksik ve fazla yanlarımı, hiç acımadan gözüme sokar gibi hatırlattığın için sana teşekkür mü, yoksa kahır mı etmeliyim bilemiyorum. Düşününce senin için yaptıklarımı ve fedakârlıklarımı, gülmek istiyorum ardından, gülemiyorum. Aslında senin değil, benim sana bir veda borcum var, işte o günü sabırsızlıkla bekliyorum. Ve bu bekleyişim çok da uzun sürmeyecek, adım gibi biliyorum.

Bazen hissetmemektir mutluluk
bazen ise, duymazlıktan gelmektir söylenenleri.
Bazen yalnız kalabilecek kadar cesur
bazen her şeye gülüp geçebilecek kadar güçlü olmaktır.
Ve kaldırımları yalnız adımlarken
geceyi tek başına yudumlarken
yaslanıp bir sokak lambasına
"Yaşadıklarımdan pişman değilim, çünkü denedim!"
diyebilmektir.
Fikri ince, yüreği derin ve duyguları hassas her insan için ise
hüzünlerin tek adresi.
Onların sağır edici umursamazlığını anlamak mı
yoksa senin çığlık çığlığa suskunluğunun
anlaşılmasını beklemek mi?
Hangisi daha acı veriyor bilemiyorum.
Ama değişmek istiyorum, elimden gelmiyor,
değişemiyorum...

Bilmiyorum inan, o kadar çok ortak noktamız varken, nasıl bu kadar zıt olabildik bir ilişkide seninle, inan bilmiyorum. Ya da hangi ara kayboldu aramızdaki bu heyecan, bu çekim gücü ve bu aşk. Tek bildiğim gerçek, bu soğukluğu, bu mesafeyi ve bu güzel giden ilişkiyi bir alışkanlık haline getirmeyi sen başardın. Ben ise, bir süre direndim ve sonrasında pes ettim. O ne istediğini bilmez tavırların, o bazen sıcak, bazen ise beni buz gibi hissettiren bakışların, kalmakla gitmek arası henüz adını koyamadığın kararların, yanımdayken bile her halinden belli davranışlarınla beni kaybettin. Kendimde olan mücadele gücüne güvenmediğim için değil, sana güvenmediğim için senden vazgeçtim. İşte o noktadan sonra ne önemi vardı ki son noktayı kimin koyduğunun. Sen sonunda "Bitti!" desen ne fayda, ben durumu "Bittim!" diye özetledikten sonra.

Aynı evi paylaşabilirsiniz
aynı ekmeği, aynı suyu ve hatta aynı mutluluğu.
Bu sizi iyi bir hayat arkadaşı yapabilir.
Ama aynı yüreği paylaşmıyorsanız eğer
yine de iki yabancısınızdır birbirinize.

***

Hiçbir şeyin farkında olmadan yaşayan insanlar için
güzel bir dünya burası.
Fikri ince, yüreği derin ve duyguları hassas her insan için ise
hüzünlerin tek adresi.
Onların sağır edici umursamazlığını anlamak mı
yoksa senin çığlık çığlığa suskunluğunun anlaşılmasını
beklemek mi?
Hangisi daha acı veriyor bilemiyorum.
Ama değişmek istiyorum, elimden gelmiyor,
değişemiyorum...

En tuhaf yanı da ne biliyor musun? Hayatımın içinde, burnumun dibinde yaşayan sen, fark etmezken bu tek başınalığımı, çaresizliğimi ve bir şeyleri kurtarmak için çırpınışlarımı, en uzağımda yaşayan insanların beni her gördüklerinde, yüzüme bakıp "Sen iyi değilsin!" demeleri. İşte bu kör halinin bana ne kadar dokunduğunu, beni ne kadar üzdüğünü bilmem kaç kez anlatmak istedim sana. Ama ben ne zaman biz diye başladıysam söze, sen hep ben diye bitirdin. Biz olmanın mümkün olmadığını, işte o zamanlarda anladım.

Yalnızlığı, kendi gözyaşını kendi eliyle silenlere
fedakârlığı; sevdikleri için her şeyden vazgeçenlere
sabretmeyi; bir doğru için bin yanlışa yüz çevirenlere
güçlü olmayı da; herkesten umudunu kesip
sadece kendine yaslanarak ayakta kalanlara sorun.
Bazı duyguların kelime karşılığını kitaplarda bulamazsın
anlamını öğrenmek istiyorsan, yaşayanlara soracaksın.

***

Ve gördüğün nankörlük, gösterdiğin insanlıktan fazlaysa
ve iyi niyetli attığın adımlar
karşılığında hep bir duvara çarpıyorsa
ve duaların gözyaşlarına, sevgilerin sabrına karışıyorsa
sen sadece samimiyet ararken bu dünyada
bu dünya seni anlamıyorsa
artık gördüklerine de, duyduklarına da
ve yaşadıklarına da şaşırmıyorsan
hayatın içinde olmaktansa
bir kenarda durup olup biteni seyretmeyi seçiyorsan
işte o zaman konuşmak nafile
ve kelimeler bile anlamsızdır.
Susacak kadar kendi içinde yaşamayı tercih eden herkes gibi
sen de olgunlaşmışsındır.

Nasıl da zormuş hayatında bir insan varken onun yokluğunu yaşamak. Görünürde var olup da, gerçekte hiç yanında bulamamak. Seni işte böyle yaşadım ben. Düşünebiliyor musun, böylesi yalnızlığın bir insanın omzundaki ağırlığını. Soranlara biri var hayatımda diyordum, ama bunun ispatına dair geçerli bir sebep bulamıyordum. Hani kimse yok hayatımda diye başlasam söze, o zaman da kendimden utanırım diye korkuyordum. Yani senin anlayacağın, iki arada bir derede, bir sende, bir sensizlikte yaşadım ben bu ilişkiyi.

Bazen tutamıyorum kendimi, gülüyorum işte.
Olup bitenlere gülüyorum, geçip gidenlere gülüyorum.
İyi niyetlerime, hayallerime
ağızlarını aşk diye açanların
ayrılıklarda önüme sundukları nedenlerine gülüyorum.
Delilikten değil yahu bu benimki
bunca olup bitenden sonra, yerinde kalan aklıma
gösterdiğim sabrıma
hatta yaptığım o kadar fedakârlığa dönüp her baktığımda
kendime bile gülüyorum.

***

Dengesizlik denilen şey
bedenin kontrolünü kaybetmesi değildir aslında.
Asıl dengesizlik
bir insanın kahrını çekenlere karşı acımasız
hayatının içine edenlere ise anlamsız bağlılıklarının adıdır.
Öfkesinin, sevgisinin
vefasının ve cefasının adresini şaşırmış her insanın
her yerde ortak adıdır.

Kızgınım sana. Eğer ki niyetin; ilk yokuşta bırakmaksa ellerimi ve iyi kötü alıştığım şu yalnızlığımı aratmaksa, umutlar verme bana demiştim. Ve ben sana bunu, en baştan söylemiştim. Benim kısa soluklu ilişkilere yüreğim yetmez, içim gitmez ve sonrasında çekeceğim acı ise, öyle kolay kolay bitmez demiştim. Ben senin yüzünde gördüğüm, o aydınlık tarafa çok güvenmiştim. Oysa; içindeki o karanlığı nasıl da fark etmemiştim. Şimdi yine de ayaktayım şükür. Ama daha fazla kırılgan ve daha fazla ürkek oldu yüreğim. Yaşadıklarımı unutamam, ama artık eskisi gibi öyle cesur da olamam. İşte ben, henüz yabancısı olduğum böyle tuhaf bir yerdeyim. Beni, hiç de olmak istemediğim bir şeye dönüştürdün. Bana ne yaptığını anlaman için, böylesi saçma sapan bir yere, bir gün seni de beklerim.

En güzel kahkahalarınla bile
üstünü kapatamayacağın yaraların da
ve sükûta bürünsen de
ya da en açık dille söylesen de içinde biriktirdiklerini
halden anlamayan insanların da olacaktır elbet.
Bazen gözün gibi baktıkların yakacak içini, bazen ise
her şeyin üst üste geldiği ve "Yeter artık!" diyeceğin anların.
Bazen her şeyi bırakıp geride çekip gitmek isteyeceksin
ama izin vermeyecek sana o insan yanın,
bazen ise imkânların.
Bazen yaşayamadıkların olgunlaştıracak seni
bazen ise yaşadıkların.

Daha geçen gün, dolapları temizlerken çıktı bana yazdığın ilk ve son mektup. Tanıştığımız ilk günlerde senden gelen ve yüreğini kâğıda döktüğüne inandığım o tılsımlı sözleri, bir kez daha okudum. Ve şaşırdım yüreğimden yükselen "Acaba sevmiş miydi beni?" sesine. Bir anlık duraksadım, gözlerim dalıp gitti bu mektubu ilk kez okuduğum, aralık ayının o pazartesi akşamına. Farkında olmadan montumun cebine iliştirilmiş ve içinde, kendimden çok şey bulduğum o satırları tekrar tekrar okudum. Eminim ki sen çoktan unuttun bile, bak bir zamanlar neler de yazmıştın bana:

"Gel yaklaş yakınıma, sokul bir yerinden ömrüme.
Üzerine yüreğimi ve şefkatimi sereyim,
üşümesin diye düşlerin.
Ve birkaç şiir serpiştireyim o siyah saçlarına,
Orhan Veli'den.
Doya doya öpeyim o gamzelerinden, boşa gitmesin
diye gülüşlerin.
Belli ki yormuş seni yıllar, o ürkek adımlarından
ve o her tuttuğumda titreyen ellerinden belli.
Kim bilir hangi vefasızın yalanlarıyla kirlenmiş
o güzelim pembe hayaller.
Bilirim ki yüksek duvarlarından
ve köprülerinden geçmek zordur senin.
Ama bekleyecek kadar ömrüm varsa eğer, seninimdir.
Sabrım da senin, sevgim de senin.
Yeter ki bana, yüreğinden küçücük bir yer ver."

İşte bu demiştim, tam olarak beni anlatan ve beni anlayan insan bu demiştim. Ve nasıl da koşup kendimi kollarına atmayı istemiştim. Ve okurken son satırları, yüreğimin bütün toprakları, bütün denizleri ve bundan sonra göreceği bütün gökyüzü senin demiştim içimden.

Ve tılsımlı sözleri okumaya devam etmiştim:

"Zaman yüzündeki yaşanmışlık çizgilerini de artırabilir.
Gamzelerin görünmez, saçlarının siyahı da karışabilir
beyaza.
Ve ellerinden içtiğim kahvenin kıvamı da
bahar akşamları, çıkarıp ayakkabılarını
kumsalda uzun yürüyüşlerde bana eşlik ettiğin
ayaklarının dermanı da kalmayabilir.
Sana söz veriyorum ki, ben buruşmuş ellerini de
zamanla küçülse de, o âşık olduğum gözbebeklerini de
canı çekilse de, bana gelen minik ayaklarını da
yüzündeki kırışıkları da hep seveceğim.
Yeter ki; içindeki yüreğin bana hep genç kalsın.
Gerisi umurumda değil, zaman güzelliğinden
ne çalarsa çalsın."

Ve araya ergenler gibi kalpler, çiçekler çizip okumaya devam et demiştin:

"Hadi bana acılarından bahset biraz. Hani seni, o sen yapan hüzünlerinden. Yarım kalmışlıklarından, gözyaşlarından ve aldanmışlıklarından. Hani her gece göğsünün üstüne oturan ve soluğunu kesen yalnızlıklarından bahset. İnsanlarından da bahset bana biraz. Hani üzerlerine sayısız hayaller kurduğun ve sayısız kere haklarında yanıldığın insanlarından. Ve bana aşklarından bahset, yokken varım diyenlerden, varken yok olup gidenlerinden. Bana içinin en karanlık dehlizlerini göster, ışığının söndüğü, umudunun hiç olmadığı hayallerini. Göster ki; sevgide kusurum olmasın ve başını omzuma her koyduğunda daha güçlü durayım, olmam gereken zamanlarda hep yanında olayım. İnce ince seveyim seni, bir daha incinmesin diye yüreğin."

Şimdi anlıyorum ki; insanların konuştukları ile yaşattıkları, bugünleriyle yarınları ve dilleriyle yürekleri arasında nasıl da öldürücü bir uçurum varmış. Evet, ben sana bütün acılarımdan bahsettim, bütün hüzünlerimden, güvensizliklerimden ve bütün zaaflarımdan. Sevince çocuklar gibi tutkulu, üzülünce paramparça olacak kadar duygulu ve her ayrıntıya kadar duyarlı olduğumdan bahsettim. Kendimi parçalarcasına sevdiğimden, mutlu olmaktan çok mutlu etmeyi daha çok istediğimden, insanları tanımaktaki acemiliğimden, kırılgan yüreğimden, ama bir gülen yüzle ne de çabuk yüzümün güldüğünden bahsettim. Ve sen tüm bunları bile bile canımı acıttın. Ben sana bu kadar tanıdıkken, sen bana bir o kadar yabancı çıktın.

Ve tabii ki en kötüsü de
bugün sevgili gibi içten ve candan
ama yarın bir yabancı gibi soğuk
ve ilgisiz bir insanı sevmek.
Ki onlar; bir gün sizi güneş gibi sıcacık sararken
başka bir gün, gece gibi karanlıklara atarlar.
Bir gün duymak istediğiniz sözlerle ısıtırken
bir başka gün davranışlarıyla hayattan soğuturlar.
Ve asla bilemezsiniz
o kişide ne anlam ifade ettiğinizi
ve yüreğinde, ne kadar yer işgal ettiğinizi.
Yani demem o ki; böyle insanları da sevmeyin.
Ne istediğini bilmeyen insanlardan yâr olmaz
onlardan size yarınlar çıkmaz.

Ve sonra bu mektuba karşılık olarak, sana yazdığım sözcükler geldi aklıma. Kalemimi yüreğime batırıp yazdığım, kenarlarını samimiyetimle ve içini sevgimle doldurduğum o satırlar. Dün gibi hatırlıyorum, senin mektubunu okuduktan hemen sonra, bir sıcak kahve hazırlayıp kendime ve girip battaniyemin altına, yüreğim coşarcasına, her kelime sana koşarcasına yazdığım sözler. Evet, dün gibi hatırlıyorum. Duygularıma eşlik etsin diye, Kayahan'ın "Bir Aşk Hikâyesi" şarkısını bile açmıştım. Kaç kâğıt buruşturup attım bilemezsin, sana layık değil bu sözler diye. Çünkü içinde hem biz, hem hayallerimiz, hem de hüzünlerimiz olmalıydı. Çünkü yeni doğan bir aşkın ilk yürek sancılarıydı bunlar. İşte bu yüzden hakkı verilmeliydi. Yürekten yüreğe değmeliydi. Yüreğimden geldiler ama yüreğine değemediler. O gece, senin mektubuna karşılık olarak, kalemimden şöyle dökülmüştü senin için kelimeler:

"Bir akşam kalbime de beklerim.
Gündüzleri şiir okur, geceleri sana şarkı söylerim.
Kahve bilmem belki ama
çok güzel çay demlerim.
Ama gelirken ömürlük gel lütfen.
Yanına hiçbir şey almasan da olur.
Seni eksik bırakmam
bütün boşlukları yüreğimle örterim..."

Ve kalbine karşılık kalbimi çizip kâğıdın sonuna "Diğer sayfaya geçiniz..." diye bir not iliştirmiştim. Ve diğer sayfaya devam etmiştim:

"Bir duanı eksik etme benden
bir de gözlerine baktığımda orada duran varlığımı.
Bir canım sözü düşmesin dilinden
bir de her sabah bir buse bırak yanağıma
ama en güzelinden.
İşte o zaman, seni bütün ömrümce sarıp sarmalarım.
Geride eksik ne kalırsa boş ver
hepsini yüreğimden ben tamamlarım."

Ve en güzelini en sona saklamıştım.
Lütfen okumaya devam et demiştim:

"Ve benim elimden, sana gönderebileceğim birkaç şarkı ve birkaç satır şiirden başka şimdilik hiçbir şey gelmiyor. Sensiz içtiğim bu kahve bile zor geçerken boğazımdan, hatırı kalacak üzerimde diye ödüm kopuyor. Sana söylenecek o kadar çok cümlem var ki aslında, ama gel gör ki söylenmiyor işte. Ve ben; erken davranmakla geç kalmak arasında sıkışıp kaldım sende. Bir ihtimal dahilinde bile olsa mutluluk, artık önümden geçip gitmesine izin vermek istemiyorum, anlıyor musun? Zor bulunana sahip çıkmak varken, kolay olanın bir parçası olmak istemiyorum. Bir umudum var senden, sahip çıkmanı bekliyorum."

Neler de yazmışım, ben neler neler de yapmışım. Kimin için? Ne için? Hangi sebeplere tutunup, bu güveni kimden almışım da, bir anda kendimi senin ellerine bırakmışım. Kendimden bu kadar uzaklaşıp, duvarlarımı aşıp, kime umut bağlamışım. İnsanların binde bir yakaladığı bir mutluluk için, ben nasıl da iyimser davranmışım. Hep saklayacağım bu mektupları ve ara sıra çıkarıp okuyacağım. Bence insan mutlulukları kadar, hüzünlerini de bir yerlerde biriktirmeli. Arada sırada çıkarıp bir göz gezdirmeli. Unutmamalı asla, en zayıf düştüğü anları ve bunların sebebi olan insanları.

Bilmiyorum, gülmeyi nerede unuttum.
Hangi hırsızın marifeti bu
arayınca yerinde bulamadığım yaşama sevincim.
Kimin mirası bana bu ürkek bakışlar, şu titreyen eller.
Peki ya nedir bu yazdıkça bitmeyen
kendini tazeleyen hüzünlü yanım.
Kalemimi yüreğime batırdığım günden bu yana
kanıyorum damla damla şu beyaz sayfalara.
Bazen yüzümde beliren tebessümler ise
sanmayın ki mutluluktan.
Küfürlerin en ağırı belki de
yüreği aklından küçük olanlara.

Bugün günlerden pazar. Evimin penceresinden odama düşen güneş ışığından belli ki, yine zor bir gün olacak benim için. Çünkü daha henüz nasıl başa çıkabileceğimi öğrenemedim, bu içimi acıtan baharla ve bu güneşli havalarla. Ne zaman böyle havalarda dışarı atsam kendimi, yalnızlığım sanki daha çok acıtıyor içimi. Parklarda, kaldırımlarda el ele yürüyen çiftler, henüz o ilk sevgi dolu bakışları birbirine atan sevgilileri görünce, eksik hissediyorum kendimi. Sakın yanlış anlama, onları kıskandığımdan değil bu halim, sadece dışarıda kendime ait bir yer bulamıyorum. İşte bu yüzden hep ıssız yerleri seçiyorum, eksik halimi görmemek belki daha iyi gelir diye. Yeniyetme bir ergen gibiyim bugünlerde. Elimi, ayağımı, bedenimi, yüreğimi nereye koyacağımı bir türlü bulamıyorum. Ve öyle zamanlar oluyor ki, evden günlerce çıkmak istemiyorum. Sanki dışarıda değil de, evimde kendimi daha çok güvende hissediyorum.

Nasıl da zor şimdi, bir yüreği sıcacık tutmak
bir insana tekrar güvenmek
ve uğradığın tüm haksızlıkları bir anda unutmak.
Günümüzün vedalarını gördükçe
eskilerin o hayata karşı dimdik duran sevdalarını
özlüyorum.
Ve ben zamanın gerisinde kalmayı
hiç bu kadar çok istememiştim.

Buranın havası da sana benziyor işte. Sabah güneşe uyanan gözlerimin önünde, şimdi aptal ıslatan bir yağmur var. Şimdi sokaklar ıssız, kaldırımlar boş ve toprak da mis gibi kokuyor. Yani senin anlayacağın tam benlik. Ama gövdemi yerimden kaldıramayacak kadar yorgun ve hatta en sevdiğim şeyleri bile yapamayacak kadar güçsüz hissediyorum kendimi. Oysa çıkıp sokağın ortasına ve başımı kaldırıp gökyüzüne sırılsıklam olmayı ve avazım çıktığı kadar "Allahım, ruhumu yağmurunla temizle ve bana güç ver!" diye bağırmayı ne de çok isterdim.

Değişik hissediyorum bugün.
Bir yanım, kalk gidelim buralardan diyecek kadar özgür
diğer yanım ise, engellenmişliklerimin prangasıyla tutsak.
Bir yanım şu yağan yağmurlarda yürüyüp
delice ıslanmak isterken
diğer yanım
güneşten kavrulmuş bir yaprak kadar tembel ve kurak.
Bir yanım, bir serçenin kanadı kadar hafifken
diğer yanım ağırlığında ezildiğim bir avuç toprak.
Değişik hissediyorum bugün
ne anlatamayacağım kadar bulanık
ne de herkesin anlayabileceği kadar berrak.

Biliyorum, yakışmıyor bana bu karamsarlık, bu küskün yüz ve bu yorgunluk.

Ama gel gör ki, kendimi kendi haline bıraktığım günden bu yana, zorlamıyorum artık hiçbir şeyi. Bunun adına hissizlik mi desem, ya da boş vermişlik mi, bilmiyorum. Ama çok istemekle çok üzülmek, iyi niyetli olmakla çok ezilmek ve çok sevmekle karşılık görememek arasındaki dengeyi fark ettiğim günden bu yana, biraz daha uzağım bu gönül işlerine. Bilmiyorum, belki de ben direnmekten vazgeçtim. Gidenlere bir eyvallah borcum olur artık, gelenlere ise, selam olsun. İster adına yalnızlık diyeyim bu halimin, ister olgunluk, ister farkındalık. Dönemeyecek kadar uzağındayım artık eski hayallerimin. Zaten isteğim de, gücüm de yok ya. Hem ne önemi var ki artık bunların, yaşandı geçti, yaşlandık geçtik üzerinden. Bu da böyle olsun. Hayırlısı olsun be.

Yalnızken de hissedebilirsin, bir yağmur sonrası toprak kokusunu.
Ya da gece yarısı içtiğin bir kahve de ısıtabilir, üşümüş bedenini.
O yeşillikler içindeki yoldan geçerken
ya da bir kumsalda yürürken çıplak ayak
tek başına da bağıra bağıra şarkı söyleyebilirsin.
Yanında hiç kimse yokken de anlayabilirsin
hangi gömleğin sana çok yakıştığını.
O büyük masada güzel bir müzik eşliğinde,
tek başına kahvaltı yapmaya da alışabilirsin.
Bu mutluluktan ne anladığına bağlı
ve hayatın yanına kendini ne kadar yakıştırdığına.
Birçok insan hak ettiği gibi yaşayamazken
sen tek başına da olsan, hak ettiğin gibi yaşa.
İster adına inat de, ister isyan.

Hatırlar mısın bilmem Yağmur'u. Hani senin en yakın arkadaşlarından biriydi. Alımlı ve güzel bir kızdı. Pervane olurdu çevresinde bütün erkekler de, o yüzünü dönüp bakmazdı hiçbirine. Ve herkes onu çok havalı, kendini beğenmiş ve hiç kimseyi de beğenmez bulurdu. Bir gün bir ortamda, konu yalnızlığa gelince dayanamayıp sordum. "Neden Yağmur? Neden bu yalnızlık?" diye. "Beklediğin biri mi, yoksa bir karasevdan mı var?" diye. Uzun uzun baktı gözlerime ve tebessüm eden yüzüne bir hüzün çöktü aniden. "Farkındayım..." dedi. "Bana yakıştırılan bütün isimlerin de, beni sürekli süzen gözlerin de farkındayım." Nemlenen gözlerini görünce, sorduğum sorudan utandım. İstemeden de olsa, kabuk bağlamış bir yarayı kanatmıştım. Çayından bir yudum aldı ve uzaklara baktı. "Ben istemez miyim..." dedi. "Hayatımda biri olmasını. Şu tomurcuklanan ağaçların altında el ele yürümeyi, şu çimlere uzanıp gökyüzüne bakmayı, gözlerimi kapatıp hayaller kurmayı, şu sol yanımda güvendiğim bir insanın sevgisini taşımayı ve nihayetinde bu hikâyenin mutlu sonla bitmesini, ben istemez miyim..." dedi. Karşımda kendini zor tutuyordu Yağmur. İçindeki fırtınanın büyüklüğünü, titreyen dudaklarından anlıyordum. O herkesin burnu havalı dediği kız, meğerse içinde bir volkan taşıyormuş. Ellerinde tuttuğu mendili sıkarak devam etti sözlerine. "Ben üç yıldır hayatıma hiç kimseyi almadım..." dedi. "Daha doğrusu alamadım. Çünkü biliyordum ki, bir başkasının içimde kanattığı yarayı, bir diğerinin eliyle iyileştiremezdim. Biliyorum, bir kötünün yaptıkları için, belki de iyi olan insanlara da sırtımı dönüyorum. Ama gel gör ki, aşkla ilgili hiç de iyi anılarım ve varlığını savunabileceğim güçlü kelimelerim yok. İnsan geçmişteki bir hatasını unutmak için, bazen bugünlerini de görmezden gelmeli. Ve ben, başımı kaldırıp bakamıyorum erkeklerin yüzüne. Ne zaman istemeden de olsa gözlerim değse bir erkeğin gözüne, içimde bir yerler fena acıyor." Yaşadıklarının bütün ayrıntılarını anlatmadı, anlatamadı belki Yağmur, ama az çok anladım ki; sırtında bir vefasızın parmak izlerini taşıyordu hâlâ. Teselli etmek istedim, ama böylesi derin bir yarayı, dudaktan çıkan hangi söz teselli edebilir ki? Sonra ellerini tuttum ve gözlerinin içine bakıp, dilim döndüğünce, tüm kalbimle dua ettim:

"O'nun uzak tuttuğuna da, yakınlaştırdığına da
içini ısıttığına da, soğuttuğuna da
sevdirdiğine de, ayırdığına da
verdiğine de, vermediğine de
sabretmek kadar, bazen şükretmek de gerek.
Rabbim seni bir daha
niyeti kötü insanların yakınına
sevdiğin insanların da uzağına düşürmesin.
Sana sevdiği ve senin de çok seveceğin kullarından versin."

***

Bazen olmuyor işte, yapamıyorsun.
Hayata hep iyi tarafından bakamıyorsun.
Çünkü çevrendeki bazı insanlar gerçekten kötü
hayat bazılarına gerçekten çok zor
bazılarının acıları hep taze ve
hayat bazıları için, mutlu olmaktan çok
sadece mutlu görünebilmek çabasından ibaret.

Oysaki büyük konuşmamıştım, gönül vermiş ve gönülden dinlemiştim o gün Yağmur'u. Kimsenin bedduasını alacak kadar da, hiç kimseye bir haksızlık yapmamıştım. Peki, sen kimin bedduasıydın ve kimin ahı tuttu da karşıma çıktın?

Hayata gözleriyle değil, yürekleriyle bakanlar
kimse kırılmasın diye kılı kırk yaranlar
fikirlerinde ince, niyetlerinde hep iyi olanlar
ve bütün bu insan yanlarına rağmen
yine de yalnız kalanlar
kırılanlar ve yarım bırakılanlar
imtihanınız ne kadar zor olursa olsun, sakın vazgeçmeyin.
Rabb'imin yanında vazgeçenler değil
sabredenler değerlidir.

Bugün güneşin batışını izledim, senden sonra ilk kez. Aslında biraz da kızdım kendime, seninle beraber yaptığım ve sevdiğim şeyleri, senden sonra sürekli neden erteledim diye. Önümde beni bekleyen bir hayat varken, hiçbir anımı senin bana yaptıkların için heba etmemeliydim; ki zaten yeterince çaldın benim ömrümden, kayıplarıma yeni kayıplar eklememeliydim. Dağların arkasından veda eden güneşin son kızıllığı da kaybolurken ufukta, çimlere uzanmış yaşlı bir çifte takıldı gözüm. O gülen yüzlerine, o çocuksu kahkahalarına ve o birbirine kenetlenmiş ellerine. Fark ettirmeden izledim uzaktan onları. Bu yaşta hâlâ birbirlerine karşı nasıl da sevgi doluldardı ve nasıl da mutluydular birbirlerinin yanında. Kim bilir kaç yıldır, düzenli olarak şu güneşin batışını el ele izliyorlardı. Bu genç yaşıma rağmen, onların yaşlanmayan sevgilerini kıskandım. Eğer biriyle yaşayacaksan, böyle yaşayacaktın ve tam da işte böyle yaşlanacaktın. Mademki herkesin amacı huzur ve mutluluktu bu hayatta, o zaman gözünü sevdiğinden, elini onun ellerinden ve yüreğini de yüreğinden ayırmayacaktın.

Ve dayanamayıp sordum, evliliklerinde yılları devirmiş yaşlı çifte. Birbirinize her baktığınızda, gözlerinizdeki sönmeyen o ışığın ve yüzünüzdeki o tatlı gülümsemenin sırrı nedir diye. Yüzünün nuru, saçının ve sakalının akından bile daha güzel yaşlı amcam cevap verdi bana:

"Bir ayağımız çukurda olsa da, bir elimiz hep birbirimizde olur bizim. Çünkü biz tutunmayı, yetinmeyi öğrendik birbirimizden, ama asla yarı yolda bırakmayı değil. Siz aşkı konuşmayı seviyorsunuz, biz ise onu içimizde yaşamayı. Siz vazgeçmeyi seviyorsunuz, biz hayata karşı birlikte savaşmayı. Zor günlerimiz de oldu elbet, ama küslüklerimiz görmedi hiç sabahı. Biz hâlâ bir yastıkta uyuyoruz, ama sizin yastıklarınız bile ayrı ayrı."

BEN BUNU HAK EDECEK NE YAPTIM?

Sonra; sabrımın sonuna geldiğim anlar oluyor işte. Sinir uçlarıma değen hayatı, "Aman benden uzak olsun!" dediğim insanları çekmek ve itmek arasında kalıyorum çoğu zaman. Düşlediğim ile yaşadığım hayat arasındaki uçurumlara, bazen hiçbir anlam veremiyorum. Yanlış yaptıklarımın ağırlığı bir yana, doğru yaptıklarımın bile bedelini ödüyorum. Ne kadar sorgularsam kendimi, bir o kadar yorgun düşüyorum. Bu engellenmişlik ve mecburiyetlerimin altında ezilirken, gözümde solgun bir bakışla aynanın karşısına her geçtiğimde, hep aynı cümleler dökülüyor dudaklarımdan: "Her şey nasıl da olmaması gerektiği gibi..."

Tamam kabul ediyorum.
Benim de hatalarım
benim de kusurlarım vardı mutlaka.
Ancak bu kadar haksızlığı da, vefasızlığı da hak etmedim be.

Şimdi şöyle bir bakıyorum da geçmişe dönüp, aslında hayatın bana hiç de o kadar adil davranmadığını görüyorum. Neler neler düşünürken, nelerin hayallerini kurarken, hiç de hak etmediğim neler de yaşamışım. Oysa Allah bana şahit ki; çok fazla şey de istememişken üstelik. Sadece biraz sevgiyle, biraz anlayışla ve sağlam bir güvenle üstesinden gelemeyeceğim hiçbir şey yoktu bu hayatta. İnanabileceğim bir insan için, bütün fedakârlıkları yapmaya hazırdım. Ve lütfen bir kez bari kendine dürüst ol, senin için birçoğunu yapmadım mı? Biliyor musun, haklı olup da haksız duruma düşürülmek, sevip de karşılığını görememek ve yaptıklarına bakılmayıp da, yapmadıkların için eleştirilmek, insanın içini çok fena acıtıyormuş.

Hayat diyorum, senin gibi fazla duygusal insanlar için
zordur be.
Hüzünlerinle baş edemediğin zaman, yanında bir omuz
bulmak istersin.
Zor zamanlarında tutacak sıcak bir el, seni anlayan
bir yürek istersin.
Sevildiğini sadece duymak değil, hissetmek de istersin.
Mesafelere aldırmadan, sevdiğini yanında görmek istersin.
Yani demem o ki, "Gel ihtiyacım var sana..." dediğinde
gelmeyenler
türlü bahaneler bulup, yanında yakınında olmayanlar
bırak ait olduğu yerde kalsınlar.
Onların sana değer verdiği kadar
bırak sende de, işte o kadar değerli olsunlar.

***

Nereye sığıyor içimde biriktirdiklerim
sustuğum kelimelerim
gün yüzü görmemiş hayallerim bilmiyorum ama
bir yanardağın kalbini taşıyorum şu günlerde.
Patlamak mı?
An meselesi.

Ben plansız, oyunsuz, yerine göre gurursuz ve olduğum gibi, tam içimden seviyorum diye, hep kaçmıştım insanlardan. İşte bu yüzden korktum hep, bir insana tekrar alışmaktan. Çünkü bu benim en zayıf yanımdı, en yaralı yanım ve en çocuksu halimdi. Eğer öğrenirlerse bu yanımı, acımazlardı ve çekinmezlerdi, beni tekrar tekrar yaralamaktan. Sözcüklerim dikkatli seçilmeliydi, duruşum mesafeli ve duvarlarım ise yüksek olmalıydı. Çünkü korkar olmuştum artık yanlış anlaşılmaktan. Ve şimdilerde bakıyorum da kendime, bana nasıl bir güven verdin ki, bütün bu doğru bildiklerime senin uğruna sırtımı döndüm. Seni tanımadan önce bu kadar güçlüyken, senin karşında bir o kadar kördüm. Vahım kendime, ahım ise; beni kendime bile düşman eden senin boynuna olsun.

Ne sana tutunanın elini bırak
ne de sana sırtını dönene elini uzat.
Hakk'a sevdanı, dilinde duanı
ve her yorulduğunda da davanı unutma sakın.
Geride kalan ne varsa, Rabb'ine bırak.
Hak etmediğin her gözyaşının
affedemediğin her insanın
ve yaşadığın her mutsuz anın hesabı
O'nun şaşmaz terazisinde
inceden inceden sorulur elbet.

Her ne kadar seninle ve benden sonra ne yaptığınla, kiminle olduğun, nerede yaşadığınla ilgili hiçbir şey duymak istemesem de, bazen kaçırır dostlar ağızlarından hallerini. Bazen bilerek söylediklerini düşünürüm, bazen ise düşünmeden konuştuklarını. Duyduklarıma ve hayatına kaldığın yerden devam etmene üzülmemekle birlikte, üzülüyorum kendime ve senin için harcadığım yıllarıma. Ben kendimi toparlamakta bu kadar zorluklar çekerken, senin bir o kadar rahat oluşun itiraf etmeliyim ki fazlasıyla yakıyor içimi. Ne olurdu ki sanki senin de biraz canın acısaydı, için yansaydı. Yansaydı da, en azından kendi kendime deseydim, o da sevmiş aslında beni. Diyemedim, diyemedim, diyemedim.

Hatayı kendi kişiliğinde arama
her şeyi fazlasıyla doğru yapmış olsan da, giden yine gider.
Kimileri sevgi gördüğü yeri cennete çevirir
kimileri sevgiye boğulsa da
gider hayatını cehenneme çevireni tercih eder.
İşte bu yüzden
herkese hak ettiği kadar değer verilmeli
ama asla fazlasını değil.

***

Çok şükür ki
bu yapılanların da, bu çekilenin de
ve nihayetinde bu hayatın da bir rövanşı var.
Ve ben o günü, sabırla bekliyorum.
Bana bu hayatı zehir edenlerin yüzlerine bakıp
"Şimdi sıra bende..." diyebilmek için.

Bazen uzun yürüyüşler yapıyorum. Seninle düğüm olduğumuz zamanlardan kalma bir alışkanlık oldu galiba, bilmiyorum. Hatırlarsın ya tartışmalarımızdan, sana nasıl cevap vereceğimi bilemediğim zamanlarda, kendimi anlatmak için çırpındığım, ama sözlerimin hep yanlış anlaşıldığı, yanlış anlaşıldığım zamanlarda da atardım kendimi caddelere. Şimdilerde ise, kendimi yalnız hissettiğim zamanlarda geçiyorum denizin karşısına, bir çay söylüyorum kendime ve seyrediyorum o derin maviliği. Bazen önümden gelip geçen çiftleri seyrediyorum. Acaba mutlular mı, birbirlerinin ellerini sıkı tuttukları gibi yüreklerinden de bir o kadar sıkı tutuyorlar mı diye. Ve dua ediyorum arkalarından, "Rabbim bana yaşattıklarını, bu çifte yaşatma, sonları da başlangıçları gibi güzel olsun..." diye.

Aslında insanlara güvenebilmeyi özledim ben.
Kimsenin kimsede gelip geçici olmadığı
birbirini yüreğinden kavradığı
ve hiç bırakmadığı o günleri.
İnsanların yüzünden okunabildiği
verilen sözlerin kişilikler gibi ayakta kaldığı
ve yere düşmediği, yerle bir olmadığı o günleri.
Hani insanlığın menfaatlerden önce geldiği
yere düşenin elinden tutulduğu
yerdeki bir ekmek tanesinin bile öpülüp
alınlara götürüldüğü günleri diyorum.
Yapılan iyiliklerin yüze vurulmadığı
her şeyden önce Allah rızasının gözetildiği o günleri.
Hani büyüklerimiz hep derdi ya
"Yer ve gök hep dua üstünde duruyor..." diye.
Ve sonuna kadar da haklılardı.
Çünkü başka hiçbir açıklaması yok bu halimizin.
Birbirimizin üzerindeki dualarımız eksildi bizim.
Kimimiz durduğu yeri şaşırmış,
kimimiz el açtığı gök kubbesini.

Ve bazen de çocukları seyrediyorum. Nasıl da iyi geliyorlar bana bilemezsin. Bir an her şeyi unutuyorum ve kendimi onların hayat dolu gülümsemelerine bırakıyorum. Her ne kadar içimde bastırmaya çalışsam da, seninle hayalini kurduğumuz ve hatta ismini bile bulduğumuz o çocuğun hayali tırmalıyor beynimi böyle zamanlarda. Bütün umutlarımın ve hayallerimin her ayrıntısına girecek kadar izin vermemeliydim sana. Ve sen, mademki başaramayacaktın bir birlikteliği, mademki emin değildin benimle olan yarınlarından, beni bu kadar yarım bırakacak kadar sahiplenmemeliydin. Daha dün gibi aklımda, sana çocuklarla ilgili söylediklerim. Şu kirlenmiş dünyaya bir çocuk getirmenin, insanların bu kadar acımasız olduğu bir dünyada bir çocuk yetiştirmenin ne kadar da zor olduğu gerçeğini hep anlatırdım sana. Aslında bilirsin, nasıl da isterdim bir kızım olmasını. O minik ellerini ve ayaklarını öperek onu uyutmasını, bütün evi dağıtıp onunla oyunlar oynamasını, çimlerin üstünde onun peşinden koşturmasını nasıl da isterdim. Kurduğum hayallerle, yaşayacağım gerçekler arasındaki farkın bu kadar fazla olacağını bilsem, kendimi kaptırır mıydım hiç bu kadar. Minik bir kız için, ne de büyük hayaller kurmuştum:

"Bir kızım olsun benim. Gözlerinin rengi önemli değil, sevgiyle baksın yeter.

Çiğnediği toprak kadar vefalı, yediği ekmek kadar nimet bilsin sevdayı. Ezmesin, ama ezdirmesin de kendini. Gerektiğinde bir deniz kadar öfkeli, bir dağ kadar mağrur ve başı dik olsun. Hiç kimsenin yüreğinden sevgi dilenmesin, hak etmediği her yerin yabancısı ve onu yüreğinden tutacak herkesin de vefalısı olsun. Ve hiç kimsenin gölgesi olmasın, hiç kimseyi de gölge etmesin kendine. Kendi ayaklarının üzerinde durabilecek kadar kendine güveni, her rüzgârdan eğilmeyecek kadar da güçlü olsun. Bir karıncayı incitmeyecek kadar merhametli, düşeni kaldıracak kadar da inançlı ve şefkatli olsun. Bir kızım olsun benim, ben ona bir can vereyim, o benim bin canım olsun."

Bugün önüme kâğıdı, elime kalemi aldım ve iki satır bir şeyler karalamak istedim. Bir arkadaşım önerdi, iyi gelirmiş böyle durumlarda insana. Bazen yaranın kabuk bağlamasını beklemek kadar, yarayı kanatmak da çok iyi gelir dedi. Çünkü bu göğsümdeki ağırlıktan, içimdeki sıkıntıdan ve sana söyleyemediğim her kelimeden kurtulmam gerekti. Ve gözyaşlarım yanaklarımdan, kalemim ise kâğıdın üstünden akıp gitti.

Yeni bir şey yok bugüne dair.
Her şey dünden kalma, eski ve fazlasıyla eksik.
Sanırım biraz fazla dağıtmışsın beni çekip giderken.
Dağılmışım, oraya buraya.
Toparlanmaya ve toparlamaya çalışıyorum
senden sonrasında bende kalanı.
Kolay mı? Zor elbet. Ne hislerime güveniyorum artık
ne de umutlarımın yerini biliyorum.
Yeni bir hayatı olamıyormuş böyle içten sevenlerin.
Ne yalnızlığı seviyorum, ne de artık insanlara
güvenebiliyorum.
Bu yarım kalmışlıkların bir çaresi yok.
İyileşmek istiyorum, iyileşemiyorum.

Ama biliyorum ki ve görüyorum ki, ağzının tadıyla lokmasını yiyen yok. Yalnız olmadığımın farkındayım. Herkesin dağına göre bir karı, içinde olup bitenleri görmesin kimseler diye, ördüğü bir duvarı var sanki. Herkesin kendine göre bir sevdası, bir yarası, bir beklediği ve tabii ki herkesten gizlediği bir duası var. Gitmek için delirdiği yerleri, bitsin artık dediği dertleri var. Gerçekleşmesini sabırla beklediği bir rüyası ve hayatını kâbusa çeviren bir baş belası var işte. Ömrünü sabretmekle geçirenler için, belki de mutluluk sadece bir temenniden ibaret. Ve benim de sabırlarım kadar, şükürlerim de var elbette. Ama bazen zorlanıyorum insan olmaktan. Sınırlarımı zorlayan hayat, sinirlerimi de altüst ediyor çoğu zaman.

Öyle bir yer ki bu dünya ve öyle insanlar yaşar ki içinde
şaşar kalırsın.
Kimileri acı çekmeyi sever bir ilişkide, kimileri acısız
yalnızlıkları.
Kimileri hiç de layık olmadıkları sevdalar yaşar
kimileri hak etmediği ayrılıkları.
Kimilerinin yanına kalır yaptıkları, kimilerine
uğradığı haksızlıkları.
Kimileri konuşsa da anlatamaz kendini
kimilerinin bildiği tek lisanı ise suskunlukları.
Kimilerinin yüzüne vurur içinin karası, kiminin ise
nurlu aydınlıkları.
Kimileri bir duanın bile peşinden koşar
kimilerini rahatsız bile etmez günahları.
Ama yine de, kimileri nefes alabildiği her güne
şükürler eder
kimilerinin ise nefsini doyurmaz, sahip oldukları
ve yaşadıkları...

AHINI ALDIĞIN İNSANLARIN KAPISINA VAH İLE DÖNEMEZSİN

Çabuk bitti değil mi yaşadığın saltanatın? Yeni insanları tanıdıkça ve bende bulduklarını bulamayınca mı geldi o aklın başına? Dönmek istiyormuşsun. Tekrar bir şans verir mi bana diye haberler gönderiyormuşsun. Kusura bakma, zor vazgeçişlerimin öyle kolay dönüşleri olmaz. Ben senin defterini çoktan kapattım. Yüreğimi temizledim, elimi yıkadım ve senin geçebileceğin bütün köprüleri de yaktım. Artık senin payına düşen, bana uzaktan bakmaktır. Neler yaptığımı bilmeden, kime güldüğümü görmeden ve sesime soluğuma hasret, pişmanlıklar içinde yaşamaktır. Artık ne bir şansın kaldı bende ne de senin dönmeye yüzün. Ve bundan sonra nerede olursan ol, kiminle olursan ol, hep beni arasın iki gözün. Kim canını yakarsa ve seni yarım bırakırsa "O bunu bana yapmazdı!" diye, hep aklına geleyim, ismim düşmesin dilinden. Bunu bir beddua olarak değil, bir temenni olarak kabul et lütfen. Yaşattığın her şeyi yaşayacak kadar, uzun yaşaman dileğiyle...

Yalnız bırakıldığın o ilk anda geleceğim aklına biliyorum.
Hani o pişmanlığını kendine bile anlatamadığın o anda.
Canını yaktıkları ve gidecek hiçbir yerin olmadığı zaman
çalacaksın kapımı, bunu da biliyorum.
Ama gerçekten seven bir insan
sevdiği her şeye rağmen yanındaysa affeder sevdiğini.
Soğumuş bir yüreği, hiçbir özür ısıtmaz.
Bunu da sen bilmelisin.

Aslında benden sonra, senin o pişman hallerini görünce çok da mutlu olduğumu söyleyemem doğrusu. Ne bileyim işte, dostlar kızsa da bu durumuma, bazen sana acıdığım zamanlar bile olmuştur. Sevdiğim bir insana günün birinde acıyacağımı, inan hiç ama hiç düşünmemiştim. Kendime de kızdım açıkçası. Bu kadar da merhametli, bu kadar da iyi ve bir o kadar da vicdanlı olmamalıyım sana karşı diye. Oysa acı çekmeliydin, gözyaşı dökmeliydin, tövbeler etmeli, önce Rabb'imden ve sonra benden aflar dilemeliydin. Bana uzanan ellerine ve o acınası yüzüne bakıp, bir tekme de ben atmalıydım. Ama gel gör ki, ben senin gibi değilim ve asla olamam da. Bu davranışları, konu sen dahi olsan, yine de yapamam. Sadece yüzüne acı bir tebessüm iliştirip, sırtımı döner ve çekip giderim. Benim senden alacağım intikam da, ancak işte bu kadar olur.

Biraz ilgi, biraz sevgi ve biraz da değer vererek
insanları hiç olmadıkları bir şeye dönüştürüyoruz aslında.
Tavan yapan egoları ve sınırlarını aşan güvenleriyle
daha fazlasını hak ettiklerini düşünerek, oldukları yeri
beğenmeyip
hiç olmadık hayallerin peşinden koşuyorlar sonra.
Ne zaman ki hayat
"Haddini ve yerini bil!" diye gerçekleri vurunca onların
yüzlerine
işte o zaman anlıyorlar
doyduğun yere, adam yerine konulduğun yere
el üstünde tutulduğun ve sevildiğin yere asla ihanet
edilmezmiş.
Ahını aldığın insanların kapısına vah ile dönülmezmiş.

***

Sessizce gitmek gerek bazen.
Toz kaldırmadan, bulandırmadan
kırmadan ve daha fazla kırılmadan.
Çünkü değişmezler ve asla değişmeyecekler.
Bugününüzü zehir edenler
yarınlarınızda da size huzur vermeyecekler.
Ama sizi ağlatanlar kadar, anlayanlar da olacaktır
elbet bu dünyada.

Sabrınızı, sevginizi ve iyi niyetlerinizi biraz da
onlar için saklayın.
Sizi hak etmeyen insanları sırtınızda taşıdığınız
yetmedi mi daha?
Biraz da size iyi gelecek insanlara şans tanıyın.
Lütfen, biraz da kendiniz için yaşayın.
Henüz vakit varken ve güneş hâlâ üstünüze doğarken.

Neden bu insanlar en sonda düşüneceklerini, en başta düşünmezler ki? Neden her şeyin kıymeti, kaybettikten sonra anlaşılır ki? Zamanın bir yerinde seni asla incitmeyeceğini, üzmeyeceğini söyleyen insanlar, bir süre sonra her sözünü unuturlar da, senin asla tahammül edemeyeceğin kişiliklere neden dönüşürler ki? Ve sen noktayı koyduktan bir süre sonra, neden tekrar bir şans daha isterler ki? Dışarıda sende bulamadığı neyi bulmuştu da, senden, kendinden ve her şeyden bir anda vazgeçip gitmişti ki? Şu üç günlük dünyada menfaatten başka hiçbir şey düşünmeyen bu insanlar nelerine güvenmişlerdi de, dualarını aldığı bir insanın ahlarıyla yaşamak istemişlerdi ki? Oysa gerçek şuydu; bazıları sevilmekten, bazıları ise sünmekten hoşlanıyordu. Aslında tüm bu yaşananların tek açıklaması buydu. Herkes layık olduklarının peşinden yürüyordu.

Oysa bir kelimen bile yeterdi bana
beni mutlu etmen için.
Bekledim, bekledim, bekledim.
Bir "Özledim seni..." bile diyemedin.
Bana çok gördüğün her ne varsa
sen de hepsinin, bir o kadar uzağında yaşa.

***

Ne gitmek isteyeni tutmak gibi bir çabam
ne de yanımda kalanı itmek gibi bir huyum var.
Zorlamayı da ve zorlanmasını da
yalvarmayı da ve yalvarılmasını da sevmem.
Ve hiçbir zaman
ne gitmek isteyene lütfen diye ısrar ederim
ne de adını koyduklarımı tekrar yanımda isterim.
Saygısını kaybedenlerin sevgisine
güvenimi kaybedenlerin ilgisine
ve yalanını yakaladığım hiç kimsenin de
boşa harcadığı nefesine inanmam.
Aşk bir kişiliğin ispatıdır
ve ben aşkı dilinde taşıyanları değil
yaşatanları severim.

Hâlâ anlamadın değil mi? Artık biz diye bir şey olamaz. Sen mümkün olan bizi yıllar önce harcadın ve bitirdin. Nasıl olur da, hiçbir şey olmamış gibi sana kapılarımı açmamı, duvarlarımı yıkmamı ve bana yalanın bin türlüsünü söyleyen gözlerine tekrar sevgiyle bakmamı beklersin ki? Ve ben sana, seni nasıl sevdiğim kadar, beni nasıl seveceğini de anlatmıştım. Tutmuştum ellerini ve bastırmıştım göğsünün sol yanına. Ve gözlerinin en derinlerine bakıp, "Beni işte tam burandan seveceksen sev. İçinden geldiği gibi, ama asla işine geldiği gibi değil..." demiştim.

Gerçek şu ki; bazı şeylerin geri dönüşü yok.
Şu geçip giden günün
şu verdiğin nefesin ve soğumuş bir yüreğin.
Varken kıymetini bilmediğimiz her şeyin acısını
yokluğunda anlayacak kadar çok kayıp vermedik mi daha?
İnsan; sevgisini değer gördüğü yere
güler yüzünü hak edenlere
ve yüreğini de sadece güvendiklerine emanet etmeli.

Hem artık dönsen ne kıymeti var ki? Kendimi affedebilmek için, yanağımda kuruttuğum gözyaşlarını bir ben bilirim. Gerçekten sevsen bile, ne fark eder ki? Anlaşılmak ve anlatmak için delirdiğim o gecelerin sabahlarını bir ben bilirim. Aklın başına gelmiş olsa bile, ben o aklındaki ben değilim artık. Ne her zaman kalbimin sesini dinleyecek kadar aklıma sağır, ne de seni tekrar affedebilecek kadar kendime düşmanım. Çünkü her ikiniz de yarı yolda bıraktınız beni. Yani senin anlayacağın, hatırladığından daha aklı başında ve duygularımın oldukça uzağındayım.

Ben senin gibi olamam sevgili.
Ne ilk adımlarım hızlı ve umarsız olur
ne de ayrılıklarım seninki gibi kararsız.
Grisi yoktur yüreğimin, ya hayatımdadır birisi
ya da aklımın çok gerisinde.
Ben senin gibi olamam sevgili.
Bırakmakla tutmak arası, hatırlamakla unutmak
arasında kalamam.
Ya tuttuğunda yanmalı ellerim, ya da biraz mantık
kokmalı bahanelerin.
Sonunu göremediğim yollarda kimseyle yürüyemem.
Kendimi de, seni de ziyan ederim.
Ben senin gibi olamam sevgili.
Bir bakışı bile hassas tartarken yüreğim
ayrıntılara da takılır gözlerim.
Çok fazlasını verir ve bir o kadar da isterim.
Yetinmeyi bilirim, ama aptal da değilim.
Yüzü bana dönük olmayana, anında sırtımı dönerim.
Ben senin gibi olamam sevgili
yanlış anlama beni, ilgiyle şımartılmak da değil niyetim.
Sadece; bir insanın hayıtının bir kenarına ilişik durmayı
sevmem.
Hani öyle samimiyetten uzak sevgi sözcükleri etmeni de
istemem.

Yürekten gelmeyen her davranışı anlar ve soğukluğu
hissederim.

Ben senin gibi olamam sevgili.
Zamana bırakamam bazı şeyleri.
Ya aklıma ihanet edip, yüreğimi dinlerim
ya da onu ayaklar altına alır, aklım başımda çeker giderim.

KALBİM KIRIK AMA HÂLÂ BİR UMUDUM VAR KENDİMDEN

Sonra eskisi gibi üzülmemeyi öğreniyorsun bitenlere. Ve eskisi kadar, öyle uzun uzun bakmıyorsun gidenlerin arkasından. Belki en fazla bir damla yaş akıyor gözlerinden, ama onu bile düşmeden yanaklarında kurutuyorsun, değmezmiş diye. Öyle şarkılara, şiirlere, uykusuz gecelere takılıp kalmıyorsun eskisi gibi. Kafanı koyduğun gibi yastığa, uyuyorsun ve unutuyorsun. Kendinle baş başa uyumaya, kendinle uyanmaya ve ayaklarının üzerinde tek başına durmaya alıştığın günden bu yana, ne suçu kendinde aramanın bir anlamı olduğunu, ne de hiç kimsenin vazgeçilmez olmadığını öğreniyorsun. Çünkü biliyorsun ki; yanlış bir zamanda, yanlış bir yerde ve çok yanlış bir insanla karşılaştın diye, sırtını dönemezsin hayata. Sana böylesi kötü bir tecrübe yaşatan hayat, akıllanıp akıllanmadığını görmek için benzer yanlışları tekrar tekrar karşına çıkarabilir. Ve mutlaka, sonunda inadını görür ve pes edip istediğini verir. Çünkü şu kesin ki; dünyanın bir yerinde senin dilinden anlayan bir insan yaşıyor. Yoksa hangi sabırlı bir bekleyiş, sonuçta bir kavuşmakla taçlandırılmamış ki? Ve sen; sadece onun için saklamalısın kendini. Çünkü şundan emin ol ki; o da bir yerlerde sadece senin için saklıyor kendini. Bazıları buna kendini kandırmak dese de, sen o kavuşma ihtimalini bile sev. Sabırla, sevgiyle ve dualarla onu bekle.

Lakin bakidir direnişim
bazen susarak, bazen gülerek
ve bazen de giderek.
Ta ki; gözümü değil
gönlümü doyuracak bir insan buluncaya dek...

***

Bazı şeyler kısmetse olur
nasipse olur, duayla olur.
Yeter ki sen isteme kapısından ayrılma
hayırlısıyla olur.
Nasibinde varsa eğer
sen umudunu kessen de, o seni arar bulur.
Bittim diyene yetişen Rabbim
sana bir can verir, o senin bin canın olur.

Gel gör ki; umutsuz yaşanmıyor işte. Evet, senden sonra bir süre karanlıklarda kaldığım doğrudur. Kendimi odalara kapatıp, sürekli hep aynı soruyu sordum kendime, "Ben nerede yanlış yaptım?" diye. Ve sonunda anladım ki; insan birisini sevince, kendinden fazlasıyla uzaklaşıyor. Bir nevi yolunu kaybediyor. Sevdiği kişinin yolunda yürümeye başlayınca ve onun mutluluğunu kendi mutluluğunun bile önüne koyunca pusulası şaşıyor. Onsuz bir hayatın nasıl olduğunu, kendisinin nelerle mutlu olduğunu bile unutuyor. İnsan birisini sevince ister istemez kendine sırtını dönüyor. Ta ki o kişi; hiç de beklenmedik bir anda sırtını dönene kadar. Nasıl anlatsam bunu bilemiyorum. Hani kalabalık bir sokakta, annesinin elini bırakan ve kaybolan bir çocuk gibi. İşte ben de o çocuk gibi, hangi yöne gideceğimi bilemedim senden sonra. Üstüme akın akın gelen kalabalıklardan, sorulan sorulardan ve samimiyetten uzak tesellilerden bıktım. Verilen nasihatler, saçma sapan teklifler ve "Ben sana söylemiştim!" ile başlayan sözlerden sıkıldım. Ve sonra, çok uzun bir süre kapattım kendimi eve. Kimseyle görüşmek istemedim. Günlerce kafamı dinledim, bazen ağladım, bazen halime güldüm. Bilmem kaç kez diplere inip çıktım. Ve acımın ağırlığı azalınca içimde, bir sabah uyandığımda kendimi kendime sarılırken buldum. Ve dedim ki: "İşte gerçek dostunu buldun. Yalvarırım bir daha asla sakın kaybetme onu. Hadi yine hayaller kuralım ve bir daha hiç kimse için, asla kendimizi unutmayalım."

Şu kesin ki
her şey bittikten ve herkes gittikten sonra
kendinden başka hiç kimsen kalmıyor bu hayatta.
İşte bu yüzden iyi geçin kendinle.
Hiç kimse bilmese de, sen bari bil kıymetini.
Ve asla kimse için sırtını dönme
her gün yüz yüze baktığın kendine.
Bir selamlık hatırın bari olsun kendine.
Hiç kimse için asla yüz çevirme.

***

Gerçekleşmesi mümkün değil diyerek
vazgeçme sakın hayallerinden.
Senin ne olur dediklerin olmaz
ne olmaz dediklerin oldu, hatırla.
Kapıyı açık tut, elinden geleni yap
duanı et ve bekle.
Sabrederek istediklerini
şikâyetçi olarak elde edemezsin.
Unutma.

Evet, bundan sonra adımlarımı biraz daha sağlam yere basacağım. Bundan sonra öyle hemen kendimi koyuverip, karşımdaki insanın sözlerine aldanıp kendimi kaptırmayacağım. İlişkilerim gibi, dostluklarımı da zamana bırakacağım. Herkes zamanla doğru yerini bulacak bende. Hatalarım ve yanlış kararlarım mı? Elbette onlar da olacak bu süreçte. Ama onların da adına tecrübe deyip, önüme bakacağım. Çevremdeki kalabalıklardan kurtulup, güveni ve samimiyeti şüphe götürmez birkaç dost bulacağım. Ama ne olursa olsun, kimi ne kadar seversem seveyim, kime ne kadar inanırsam inanayım, kendimi bir daha asla unutmayacağım. Artık kendim için de yaşayacağım.

Şöyle başınızı omzuna koyduğunuz an
insan olmanın tüm yorgunluğunu geçirecek insanlara
sahipseniz eğer
ne yorgun gündüzlerin bir önemi kalır, ne de arsız gecelerin.
Ya da yoksa hiç kimseniz
ama yine de direniyorsanız kendi ayaklarınızın üstünde
ve artık tebessüm edebiliyorsanız gelmişe geçmişe
o vakit ne gelmeyenin bir önemi olur, ne de çekip gidenin.

***

Ve gün gelecek; dualarında istediğin
doğrularından vazgeçmeden beklediğin
en yalnız anlarında bile, isyan etmeyip sabrettiğin bir aşk
çalacak kapını.
İşte o zaman anlayacaksın ki; aşk bir lütuftur
ve sadece istemesini bilenlere nasip olur.

Aylardan nisan ve geç gelen bir baharın tadını çıkarıyor ağaçlar. Geçen yıl daha farklı bakardım şu çiçek açmış dallara. Bugün ise çok farklı gözlerle bakıyorum. Her şeyin seninle güzel olacağını düşünürdüm hep. Oysa sensiz de, güzelmiş bahar. Ya da ne bileyim, belki de attım üstümdeki sen toprağını. Sertap Erener'in söylediği şarkı gibi hissediyorum kendimi bu aralar: "İyileşiyorum galiba."

Kim bilir bir daha kısmet olur mu bize
bu doğan güneş, bu masmavi gökyüzü ve aldığımız nefes.
Kulak işitir göz görürken, el dokunur ayak yürürken
ve henüz vakit varken
kıymetini bilin yaşadığınız günün.
Yarınlar kime vaat edilmiş ki?

***

Sen bakma havanın rengine
bulut varmış, yağmur yağarmış düşünme bunları.
Kimse sevmezken, sen sev böyle havaları.
Boşken sokaklar, adımla ezbere bildiğin o kaldırımları.
Korkma, insanlardan daha fazla kirletmez
seni bu yağmur damlaları.
Adına delilik deseler de boş ver.
Bugünlerin dönüşü yok, belki de yok yarınları.
Yüzünü dön semaya, kaldır ellerini iki yana
ve şükürlerin en güzelini gönder
sana kokusuyla toprağı hatırlatan Yaradan'a...

Kendimi, seni ve yaşadıklarımı zamana bıraktığım günden bu yana, ya yaralarımın kabuk bağladığından, ya kendime sarıldığımdan, ya da artık alıştığımdan mı nedir bilmiyorum ama, bu umutlu halimi sevmekle beraber, korkuyorum da. Her ne kadar zor olsa da, gözlerime uykuyu tekrardan alıştırmak, atıştırmalık öğünlerden kurtulup düzenli yemeye başlamak ve kocaman gülümsemeleri yüzüme yakıştırmak, yine de hayat güzel. Vazgeçemediğim birkaç kötü alışkanlığım var yine de. Ama olsun, bana en çok zarar veren senden kurtuldum ya, diğerlerinden kurtulmak o kadar da zor değil benim için. Yani görsen tanıyamazsın beni. Çünkü sana ait hiçbir iz kalmadı bende. Eskittiğin her şeyin yerine, tekrar yenilerini koydum. Umutsuzluğumu sabırla, üzüntümü duayla ve senin varlığını da zamanla yendim. Mutluluklarım kadar, senden kalan acıları da sahiplendim. Ve hepsinin adına tecrübe dedim. Şimdi önümde beni bekleyen ve karşısında daha da güçlü duracağıma inandığım bir hayat var. Ve kendime, kendim için tertemiz bir sayfa açıyorum. Çünkü ben buna değerim.

Değer vermeyeni unutun
gelmeyeni beklemeyin
sabrınızı ve kalbinizi idareli kullanın.
Ve sizi kaybetmekten korkmayan birisi için
asla uykunuzu kaybetmeyin.

***

Sonra damla damla
ince ince ve sessizce biriktirirsin
tüm cümleleri, içine yutkunarak.
Hani senin yüzün yumuşaktır ya
hani sen hep alttan alırsın ya
hani sen hep susan tarafsındır ya
sözün nereye gittiğini
ve seni nasıl da incittiğine aldırmadan gelirler üstüne.
İşte bunu yapma diyorum
hayata hep ince tarafından bakma diyorum.
Hak edene sözün en acısıyla
ve seni inciten davranışların da aynısıyla cevap ver diyorum.
Kötü ol demiyorum
sadece tepene çıkanlara gösterdiğin merhameti
biraz da kendine göster diyorum.

Bugün fark ettim ki; sevilmeyi özledim ben sanırım. Geç kaldığımda yolumu bekleyen o meraklı gözleri, hiç beklemediğim bir an uluorta söylenen o sevgi sözlerini. Bir akşamüstü sarmaş dolaş oturup bir kumsala, bir sevgilinin gölgesinin serinliğinde güneşin batışını izlemeyi özledim. Ne kışın o titreten soğuğu üşütür, ne yazın insanı terleten o yüzü yakar, ne sonbaharın o acı hüznü dokunur, ne baharın rengârenk cümbüşü umurumda olur sevildiğimi hissedersem eğer. Bir çift gözün derinliğinde, bütün zamanı ve bütün dünyayı unutmayı özledim ben. Ancak bir yüreğin o sevgi dolu kollarına uzanırsam, içimde unuttuklarım uyanabilir. Ama istiyorum ki; kırmadan, yormadan, eskimeden, eskitmeden, ilk günkü gibi taze ve zamana yenilmeden olsun. Olmuyorsa, olmayacaksa, hiç olmasın lütfen.

Bir adamın önce sesinde huzur
bakışlarında sıcaklık ve ellerinde şefkati arayın.
Mükemmel olsun demiyorum, ama sevgiden önce
onda mutlaka biraz da saygı arayın.
Yanınıza yakıştığı kadar yakışsın yarınlarınıza.
Yani kişiliğinde de şüphe götürmez bir güven arayın.
Sizi kaybetmekten korktuğu kadar korksun sizi incitmekten.
Ve gücünü sadece sizi korumak için kullanan bir adam arayın.
Ona uzaktan her baktığınızda, yaralarınızı değil
yüreğinizde sevildiğinizi hissedin.
Ve üstünüzden yıllar geçse bile
"İyi ki seni seçmişim, iyi ki seni sevmişim be adam!"
diyebileceğiniz adamlar arayın.

***

Ve yıllar geçtikten sonra
geriye doğru şöyle bir bakıp da
"İyi ki seni sevmişim..." diyebiliyorsan
elini tuttuğun o kadının kulağına
ve o da gözlerinin en derinine bakıp
"Seni sevdiğim için bir gün bile pişman olmadım be adam!"
diye karşılık veriyorsa sana
aç ellerini semaya ve bir kez daha teşekkür et Rabb'ine
dünyada bu kadar yalnız ve bir o kadar da yanlış varken
bize aşkı nasip etti diye.

Bilmiyorum bir daha nasip olur mu bana bir aşk, ama eğer bir gün çıkarsa karşıma daha hazırlıklı olduğumu düşünüyorum artık. Gerçi bunun planı, hazırlığı ve tabii ki asla büyük konuşması olmaz, ama yine de şunu öğrendim ki; ben fena dağıtıyorum kendimi âşık olduğumda. Duracak yeri de, gidecek yeri de, susacak yeri ve konuşacak yeri de karıştırıyorum. Emin olmamakla birlikte, daha akıllandım sanki. En azından böyle düşünmek istiyorum. Çünkü varsa kendim gibi biri bu dünyada ve bir yerlerde kesişirse onunla yollarımız, bu ihtimali geri çevirmek istemiyorum. Yeterince yalnız yaşadım zaten şu yaşıma kadar, bir kısmını kendimle baş başa, diğer kısmını ise senin gibi biriyle birlikte yapayalnız.

Olduğum yerden memnun değildim, bulunduğum
durumdan da.
Biraz öfkeliydim, biraz güvensiz ve biraz da yalnız.
Ve tavırlıydım hayata karşı.
Çünkü haklıydım ve fazlasıyla alacaklıydım ondan.
Hiç adil olmasa da bana karşı hayat
"E hadi artık!" diyecek kadar inatçı
"Vardır bunda da bir hayır..." diyecek kadar da inançlıydım.
Sadece doğru zamanı bekliyordum
ve dilimden anlayacak o insanı.

Ve bir akşam vakti çıkacaksın karşıma biliyorum. Senin üstünde tepeden tırnağa kadar bembeyaz umutlar, bende ise; biraz beklemenin yorgunluğu, biraz duası kabul olmuş kul şaşkınlığı ve yeni tanışmanın heyecanı olacak. "Umarım geç kalmadım?" diyeceksin usulca kulağıma ve saçlarından dökülen yıldızları sereceksin önüme. Ve ben, toprağın geç gelen yağmuru kucakladığı gibi sararak seni, "Fazla değil, ömrümün yarısı kadar sadece..." diyeceğim. Ne güzel umudun bittiği yerde seni görmek, ne güzel her şeye sırt döndüğüm bir anda, birine " İyi ki varsın!" demenin mutluluğuyla gülümsemek. Bir akşam vakti çıkacaksın karşıma ve sen de bir yerlerde, sadece o akşam için yaşıyorsun biliyorum. Bin kere "Yok böyle bir insan!" deseler de bana, ben yine de; BİR umutla seni BEKLİYORUM.

Hayat bazen seni yaptıklarınla değil
yapmadıklarınla da pişman eder.
Gecikmiş bir elvedanın, günü geçmiş bir merhabanın
ve yeterince şans verilmemiş bir sevdanın da
ağrısı düşman eder insanı kendine.
Hayat çoğunlukla denenmemiş fırsatlardan ibarettir.
İnanın bana, daha fazlası değil.

Bugün bir reklam gördüm televizyonda. Tam olarak adına reklam denemez aslında. Çevreyi ve yeşili korumak konusunda, toplumu bilinçlendirmek amaçlı yayınlanan bir kamu spotuydu. Aklıma takıldı o an, acaba ilişkiler konusunda da bir kamu spotu hazırlansa ve yayınlansa nasıl olurdu acaba? Bana böyle bir teklifle gelselerdi ve benim bu konuda bir şeyler karalamamı isteselerdi, neler yazardım acaba diye düşündüm. Ve sonra şunları karaladım:

Kamu Spotu (Erkekler için...)

Uzun uzun sohbet edebileceğiniz kadınları sevin. Ve güzelliğinden önce zekâsı, kokusundan önce duruşu döndürsün başınızı. Ne konuştuğunu, nerede nasıl davranacağını, ne istediğini ve ne istediğinizi bilen kadınlardan bahsediyorum. Görüntü zengini olup da, akıl fukarası kadınlar yaz yağmurları gibidir. Gürültüsü fazla ama etkisi az sürer. Akıp gider, yıkıp gider. Zekâsından çok güzelliğini, ederinden çok giderini düşünen kadınlardan bahsediyorum. İltifatı hep dışına alıp da, aklını kullanmayı unutan ve yanında "Bununla acaba ne konuşu-

lur?" diye şaşırılan kadınları anlatıyorum. Bir kadının asaleti, duruşundadır, ağırlığındadır, susuşunda ve konuşmasındadır. Bakımlı olmak her kadına yakışır, ancak unutulmamalıdır ki, asıl cevher bir kadının aklındadır.

Kamu Spotu (Kadınlar için...)

Size huzur veren adamları sevin. Seçimlerinizde; yüreğinden koyduğunuz kadar, mantığınızı da ekleyin biraz. Sevgisi öfkesinden, özlemi mesafesinden ve iradesi ise nefsinden hep daha fazla olan adamlardan bahsediyorum. Ve yalanlardan kaçarken yılanlara sarılmayın sakın. Sonrasında gönlünüze, ömrünüze bulaşırlar ve temizlenmesi yıllarca sürer, adam olmayanların lekesi. Yani demem o ki; adam dediğin zamanla sevgisini kaybedebilir ama saygısını kaybeden adamlardan size bir gelecek çıkmaz, uğraşmayın. Yalnız olun ama ne olursa olsun gururunuzla yaşayın.

Bugün günlerden çarşamba, ayın 22'si ve aylardan ise nisan. Kimin hayatını cehenneme çeviriyorsun şu an bilmiyorum, ama nedense merak ediyorum doğum günümü hatırlayıp hatırlamadığını. Ama bugün neler yaptığımı belki bilmek istersin diye düşündüm. Bu sabah erkenden kalktım, güzel bir kahvaltı yaptım ve sonra senden hatıra olan her ne varsa hepsini çöpe attım. Ve bunu yaparken bir şey fark ettim, çok rahattım. İçim öyle acımadı, gözlerim dolmadı ve hatta kızmadım bile sana. Hani doğum günleri genelde bir başlangıçtır ya sonraki hayatın için, ben de senden sonraki yıllarımın hakkını vermek istedim sadece. Ama itiraf etmeliyim ki, o begonviller arasında çektirdiğimiz resmi yırtmaya gitmedi elim, çok zorlandım. Çünkü yüzümdeki o gülümsemenin şahidi olan, başka bu kadar güzel güldüğüm hiçbir fotoğrafım yoktu seninle. Yani konunun seninle hiç alakası yok. Sonra çıktım dışarıya ve kendime bir sürü güzel kıyafetler aldım. Ve inanır mısın, siyahı o kadar sevmeme rağmen, hiçbiri siyah renkte değildi. Bilmiyorum bahardan mı, yoksa kendimle artık barıştığım için mi, fena halde iyi hissediyorum kendimi. Nazar değecek diye de korkuyorum açıkçası. Demek ki her şeyin bir zamanı ve her yaranın bir iyileşme süresi varmış. Âşık olmanın da, ayrılmanın da, acı çekmenin de, unutmanın da ve kendinle barışmanın da. Şimdiki aklım olsaydı gibi klasik bir sözle başlamak istememesem de, gerçekten de değmezmiş, senin için harcadığım her bir saniyeye, her bir gözyaşına ve bütün yaptıklarıma. Ve özür diliyorum kendimden, senin uğruna kendim için yapmadığım her şey adına.

İnsanlarına değil, inançlarına yaslan.
İşte o zaman yıkılmazsın ve asla yıkamazlar seni.
Çünkü kendini bir bilene teslim eden
ve O'na yürekten inanan insanlar
bütün yaşadıklarının adına, imtihan der
sabır der, "Bunda da vardır bir hayır..." der ve katlanır.
Mükâfatı ve adaleti yalnızca Hak'tan bekleyenler
ve yaşadıklarını sadece O'na havale edenler için
hayatın nasıl geçip gittiği değil, nasıl bittiği önemlidir.

***

Her şeyi iki kişilik düşünüp de
"Önce sevdiğim mutlu olsun..." diyenlere bir uyarı:
Sonrasında yaşanan acılar
ve o kahrolası yalnızlık hep tek kişilik, sakın unutmayın.
Ve ne kaldıysa sizden geriye
onu; yokluğunuzu bile fark etmeyenlerle değil
varlığınızdan mutlu olup da
"İyi ki varsın sen!" diyenlerle birlikte yaşayın.

Dün Yağmur'un nişanı vardı. Hani o aşka tövbeli, fena halde yaralı Yağmur'un. Mutluluğu gözlerinden okunuyordu. Hani doğru bir rüzgâr bulsa kendine, uçacakmış gibi yerinde duramıyordu. Kendisi gibi bankacıydı nişanlısı Toprak da. Ve ne kadar saklamaya çalışsa da heyecanını, aylar sonra yağmuru bulmuş toprak gibi içi içine sığmıyordu. Gelecekleri sanki mutluluk kokuyordu. Uzun zamandır bu kadar eğlendiğimi hiç hatırlamıyorum. Sonra kahve içmek için oturduk Samet'in mekânına. Gece yarısını çoktan geçmişti vakit. Ali yine kahveyi tam kararında yapmıştı. Bilirsin kahve denince onun üstüne tanımam. Neyse, sonra Yağmur minnettarlık dolu bakışlarla gözlerime bakıp, "Teşekkür ederim her şey için..." dedi. "Bu teşekkür ne için?" dedim. Tatlı bir tebessümle ve Toprak'ın elini sıkıca tutarak, "Ben inanıyorum ki, o gün benim için ettiğin o güzel duanın karşılığıydı, şu an yanımda oturan bu güzel adam..." dedi. "Eminim ki sen daha da güzel dualar almışsındır..." diye karşılık verdim. Uzun zamandır çevremde çok az gördüğüm bu mutlu yüzler karşısında tutamadım kendimi ve onlara haddim olmayarak biraz öğüt vermek istedim:

"Sevmek..." diye başladım söze...

"Evet sevmek diyorum, ne de uzun bir yolculuktur. Nefesinizi yüreğinizden alacaksınız. Hayat her zaman gülmeyecek yüzünüze, bazen sınanacaksınız. Tek başınıza göğüsleyemeyeceğiniz öyle zamanlarınız olacak ki, işte o anlarda elinizi uzatacak kadar birbirinize inanacaksınız. Ve her zaman güneş doğmayacak üstünüze, bazı günler kara bulutlarınız da olacak elbet, işte böyle zamanlarda yılmayacaksınız, yıkılmayacaksınız. Birbirinizle mutluysanız eğer, kimin ne söylediğine aldırmayacaksınız ve huzurunuzu bozmak isteyen insanları, hayatınıza burunlarını sokacak kadar yaklaştırmayacaksınız. Sevmek diyorum, zor ama güzel şeydir be. Güveniyorsanız eğer birbirinize, fazla sorgulamayacaksınız. Ve tanımak istiyorsanız daha yakından birbirinizi, sözlere takılmayacaksınız, önce birbirinizi yaşayacaksınız. Saygı olduğu sürece sevgi de peşinizden gelir, sevildiğinize inanıyorsanız eğer, pişman olmamak için o eli asla bırakmayacaksınız."

Şimdilerde küçük de olsa bir boşluk var içimde. Ve adım gibi biliyorum ki bu boşluk; ben hayatta olduğum sürece, içimde bir yerlerde benimle birlikte yaşayacak. Bazen canımı çok yakacak, içimi çok sıkacak, ama inanıyorum ki bundan sonraki kararlarımda daha tedbirli olmamı yine bu boşluk sağlayacak. Yeri geldiği zamanlarda seni hatırlatacak, kafama vuracak ve beni sürekli "Çektiklerini sakın unutma ve hatırla!" diye uyaracak. Bazen en güvendiğim dostum, bazen ise yoğun duygularımın sürekli önüne geçen düşmanım olacak. Senin bana verdiğin en son hediye de bu işte. Sevince değişen insanları, sevilince güzelleşen yüzleri, doğru insanlar karşısında söylenen en alçakça yalanları ve yalnızlığın kurak topraklara çevirdiği insanları gördüm. Ama hak edilmeyen bir ayrılığın insan ruhunda yarattığı deprem gerçekten tarifsiz. Nasıl bir şeye dönüştüm, ne hale geldim, senden sonra ne kadarımı toparlayabildim bilmiyorum. Umutlarımın ne kadarını kaybettiğimi, içimdeki çocuğun ne kadar büyüdüğünü ve yüreğimin ne kadar örselendiğini ancak zamanla anlayacağım. Tabii ki hayatımda birisi yine olacak. Yine seveceğim, belki yine acı çekeceğim, ama hiçbir acım, bu acının aynısı olmayacak. Senin neler hissettiğin, nelere güldüğün, nelere ağladığın ve nerede olduğun inan umurumda bile değil. Ama bu duyguyu en kısa zamanda senin de tatmanı istiyorum. Yanlış anlama beni, kötülüğünü istediğim için değil inan. Dünyaya benim gözümle bir kere bakmanı istiyorum sadece. Ne yaşadığımı ve ne hissettiğimi hiç anlamadın, belki bin kez denedim sana halimi anlatmayı ve sen bir kez olsun doğru anlamadın beni. Ama bir kez olsun şu dünyaya benim a(c)ımdan bakmanı istiyorum sadece. Ve şunu da bilmeni isterim ki; sana yaşattıklarım, fedakârlıklarım ve sana iyi gelen her ne varsa yaptığım, inan senin için değildi. Benim gibi insanlar bir ilişkide başka bir yol ve başka bir rol bilmezler. Benim gibi insanlar, ellerinden gelenin en iyisini yapmaya çalışırlar ve mutlu olmaktan çok, mutlu etmeyi severler. Ellerine birçok fırsat geçmesine rağmen yine de kötü olamazlar, karşısındakini incitemezler. Birçoğu buna saflık ve aptallık dese de, ben adına insanlık diyorum. Çünkü benim gibi insanlar, karşılarındaki insan en kötüsüne layık olsa bile, kendine yakıştıramadığı bir davranışla ellerini, dillerini ve yüreklerini kirletmezler. Yani seninle benim aramda sadece insanlık farkı var. Ben fırsatım olsa ve hak etmiş olsa bile, kendime yakıştıramadığım bir davranışı karşımdakine yapamam. Sen ise, bütün şartlarını zorlayıp karşısındakine hak etmediği her davranışı yaparsın. Bu saf ya da aptal olduğumu göstermez, bu insan olduğumu gösterir. Ve insan olanların demiyorum, her şeye rağmen insan kalanların kazançları da, kayıpları da işte tam olarak burada başlar.

"Allahım, hak etmediğim bir mutluluğu istemiyorum senden. Eğer ki bana uygun gördüğün bu yalnızlıksa, eğerim başımı ve hüküm senin derim... Ya da benim için en hayırlısını sabrımın sonuna saklıyorsan, sen El-Kerim'sin der ve sonuna kadar sabrederim. Ben her halimi sana bıraktım, sen beni kendi halime ve zalim kullarının eline bırakma ALLAHIM."

***

Yorma kendini
Bu kadar içtenliği
Bu kadar iyi niyeti
Ve bu kadar inceliği
Kaldırmaz bu dünya.

Ve dudaklarımdan sana dökülen
son sözlerim de bu olsun:

"BU AYRILIK DA BENDEN OLSUN."

SON SÖZ

Neyin yokluğunu yaşıyorsanız
Rabbim size onu nasip etsin.

BİTTİ...(N)